QUE SAIS-JE ?

Ari

et l'ancienne comédie

PASCAL THIERCY

Professeur de langue et littérature grecques
à l'Université de Bretagne occidentale
Directeur du Centre d'Études et de
Représentations du Théâtre Antique (CERTA)

à Stéphane et Hélène

DU MÊME AUTEUR

Aristophane : Fiction et dramaturgie, Paris, Les Belles-Lettres, 1986 (Prix Pierre-Brisson du *Figaro*.

Aristophane : La langue, la scène, la cité, Actes du Colloque international de Toulouse (17-19 mars 1994), éd. P. Thiercy et M. Menu, Levante Editori, Bari, 1997.

Théâtre complet d'Aristophane, Gallimard, *Bibliothèque de La Pléiade,* Paris, 1997 (introd, éd., trad. et n.).

ISBN 2 13 049648 2

Dépôt légal — 1re édition : 1999, mars

108, boulevard Saint-Germain, 75006 Paris

INTRODUCTION

Au ve siècle av. J.-C., les auteurs comiques d'Athènes déclarèrent une guerre véhémente à l'esprit nouveau qui envahissait la Cité, et essayèrent de le tuer par le ridicule. Le plus illustre d'entre eux fut Aristophane, qui vécut la guerre du Péloponnèse, la chute d'Athènes et les bouleversements du début du IVe siècle. Tout au long de sa carrière (il composa des comédies de 427 à 386), il tenta de remédier par le bon sens et par le rire à la crise très réelle dont il était le témoin, estimant que le salut d'Athènes résidait dans l'attachement au passé et aux vertus ancestrales. Il était d'ailleurs loin d'avoir tort si l'on considère les meneurs politiques qui succédèrent à Périclès. Les ravages de la guerre, de la peste, des sycophantes et des politiciens, la dégénérescence du sens civique et moral des Athéniens, l'appauvrissement général d'une population réduite à la misère, tout cela avait assombri l'âme des Athéniens. Aristophane entreprit de dérider ses contemporains par des comédies dont ils faisaient les frais avec les maîtres du jour. Les événements politiques et sociaux, les idées et les mœurs, les nouveautés poétiques et orchestiques, tous les goûts de l'époque se révélèrent une mine inépuisable d'allusions et de plaisanteries de toutes sortes, et donnèrent naissance à une œuvre comique incomparable. C'est sans doute pour cela que Platon, malgré le ressentiment qu'il éprouve envers Aristophane en raison du rôle qu'il attribue aux *Nuées* dans la condamnation de Socrate (ce qui est plus que douteux), l'a fait figurer dans son *Banquet* comme représentant de la comédie, montrant ainsi la supériorité d'Aristophane sur ses rivaux et anticipant le jugement de la postérité.

I. — Vie d'Aristophane

On peut considérer que la comédie grecque antique – on peut même dire « attique » puisque c'est un genre essentiellement athénien – s'épanouit de 486, année du premier concours comique, à 262, date de la mort du dernier grand auteur comique, Philémon (sauf indication contraire, toutes les dates données sous-entendent évidemment av. J.-C.). On la divise en deux ou trois périodes : l'Ancienne Comédie *(archaia)*, celle d'Aristophane, la Nouvelle Comédie (*néa*), celle de Ménandre, et peut-être une période intérimaire, de la mort d'Aristophane à celle d'Alexandre le Grand, la Comédie Moyenne *(mésè)*. L'ensemble représente à peu près 1 500 comédies produites par 200 auteurs. L'Ancienne Comédie, qui dura un siècle, représente plus de 600 pièces dont il ne nous reste que 11 comédies complètes d'Aristophane et des milliers de fragments qui se réduisent parfois à quelques mots, voire au seul titre.

Certaines comédies d'Aristophane ont pourtant traversé victorieusement l'épreuve du temps : sur les 44 pièces qu'on lui attribue, nous possédons encore le quart de son œuvre, proportion beaucoup plus forte que pour les Tragiques. Il y a là en effet un mystère : parmi les œuvres littéraires, les comédies sont celles qui disparaissent le plus rapidement, car elles meurent généralement avec l'époque dont elles ont fait la satire. Or, les pièces d'Aristophane sont les plus anciennes des comédies qui nous soient parvenues, et le genre auquel elles appartiennent, l'Ancienne Comédie, est mort sans postérité directe. De plus, Aristophane fait partie du très petit nombre des auteurs comiques classiques encore joués – et avec un grand succès. Ainsi, chaque été, dans les Festivals de théâtre antique en Grèce ou en Italie, à Athènes, Épidaure ou Dodone, à Ségeste ou à Syracuse, il y a au programme autant de pièces d'Aristophane que de tous les autres dramaturges antiques réunis. Les raisons en sont sans doute multiples : Aristophane réunit dans son œuvre toutes les qualités et tous les registres du comique, une incomparable invention verbale, un sens pénétrant de l'observation et de la critique de ses contemporains, une maîtrise parfaite de la dramaturgie, le tout allié à la plus parfaite poésie.

Nous savons peu de choses de sa vie : les biographes antiques tirent la plupart du temps leurs renseignements de scholies (notes en marge des textes) douteuses ou glosent le texte lui-même, parfois de façon très fantaisiste. Son père, Philippe, était un athénien de la tribu Pandionide, du dème de Cydathénée, l'actuelle Plaka (l'Attique, depuis Clisthène, était divisée en 100 dèmes, circonscriptions territoriales administratives correspondant à peu près à nos communes, répartis en dix tribus). On trouve également le nom de sa mère, Zénodora ; certains prétendent cependant que ses parents venaient de l'île d'Égine ou même de Rhodes. Aristophane naquit vers 446, à l'époque du début des travaux du Parthénon et de l'invasion de l'Attique par Pleistoanax. Il mourut vers 385 et eut trois fils : Philippe, Araros et Nicostratos (ou Philétairos). Araros devint à son tour auteur comique et monta, comme nous le verrons, les dernières pièces d'Aristophane. En dehors de ces quelques éléments, nous ne savons pas grand-chose de la vie d'Aristophane, sauf qu'il devint chauve très jeune et fut prytane vers la fin de sa vie (membre du bureau de la Boulè ou Conseil des Cinq-Cents).

II. — La naissance de la comédie grecque

Pour ce qui est des prédécesseurs d'Aristophane et de la naissance du théâtre, nos connaissances ne sont pas plus sûres. La poésie épique des IXe et VIIIe siècles, puis la poésie lyrique chorale et la poésie iambique des VIIe et VIe siècles s'épanouirent sous des régimes aristocratiques, avec des rois ou des tyrans mécènes qui rétribuaient leurs poètes. Avec les changements historiques des guerres médiques et le développement des démocraties, notamment celle d'Athènes, de nouvelles formes artistiques virent le jour, commanditées non plus par un homme mais par l'État.

La comédie sicilienne ou la farce mégarienne. — Au VIe siècle, époque de l'épanouissement intellectuel de la Laconie, les Doriens jouèrent probablement un rôle précurseur avec des comédies bouffonnes improvisées fondées surtout sur le mime, sans doute un peu semblables aux canevas de la Commedia dell'Arte. Les farces de Mégare, cité située entre Corinthe et Athènes, étaient les plus célèbres de ces spectacles : les Anciens les appelaient *dramata*, c'est-à-dire « actions », le mot *comédie* désignant exclusivement pour eux le genre supérieur de la comédie attique. La farce mégarienne existait sans doute encore à l'époque d'Aristophane, car souvent ses confrères et lui la citent comme exemple de procédés triviaux à éviter, bien qu'ils lui doivent beaucoup et n'hésitent pas, malgré tout, à lui faire des emprunts. Pas le moindre fragment ne nous est parvenu de toutes ces pièces et nous ne connaissons aucun nom d'écrivain, mais de nombreux vases corinthiens du VIe siècle représentent des scènes inspirées de ces farces, avec des masques et des costumes comiques qui deviendront traditionnels, ce qui prouve que Corinthe connaissait de tels spectacles à la même époque. La farce mégarienne contribua peut-être à la formation de la comédie, mais reste cependant éloignée de la comédie attique, car le chœur et l'élément dionysiaque semblent en avoir été totalement absents. En revanche, les pièces de la Sicile dorienne étaient des œuvres littéraires très admirées dans le monde antique.

Théorie d'Aristote. — Aristote, dit-on, a parlé en détail de la comédie et du comique dans le second livre, aujourd'hui perdu, de sa *Poétique.* Pourtant, à lire les jugements négatifs qu'il porte sur la comédie quand il en parle dans le premier livre, on peut se demander s'il a pris la peine d'en écrire un autre sur un genre qui devait plutôt lui servir de repoussoir par rapport aux genres nobles, la tragédie et l'épopée – préjugé du reste toujours bien vivant en France. Dans sa *Poétique* (1448 *b*), Aristote déclare que *Margitès*, un poème comique en hexamètres qu'il attribue à Homère, est à la comédie ce que l'*Iliade* et l'*Odyssée* sont à la tragédie. Selon lui, la tragédie serait née « de l'improvisation des coryphées [chefs du chœur] qui entonnaient le dithyrambe », et la comédie, « de celui qui conduisait les chants phalliques » (1449 *a*)[1]. Cependant, Aristote n'indique pas quand un soliste s'opposa au coryphée et note seulement que « Eschyle le premier porta de un à deux le nombre des acteurs, diminua la partie du chœur et donna le premier rôle au dialogue ». Fort révélateur, en revanche, est cet aveu : « Les débuts de la comédie nous sont inconnus car personne ne les a étudiés... parce qu'elle n'a pas été prise au sérieux à ses débuts. On ne sait à qui on doit les masques, les prologues, le nombre des acteurs et autres détails de ce genre » (1449 *b*). Aristote évoque cependant la revendication des Doriens – qui estimaient avoir inventé le théâtre comique : « Les Mégariens d'ici [c'est-à-dire de la ville de Mégare proche d'Athènes] disent qu'elle [la comédie] est apparue quand ils furent en démocratie, et ceux de Sicile, que le poète Épicharme, bien antérieur à Chionidès et à Magnès, était de là-bas » (1448 *a*). Il ajoute que le mot *comédie* venait de *cômos*, alors que les Doriens le faisait dériver de *comè* (bourg). On ne sait quelle opinion Aristote avait de ce poète qui ridiculisait Socrate, Cléon, Euripide, et même Eschyle, mais puisqu'il cite Aristophane aux côtés d'Homère et de Sophocle (1448 *a*), c'est qu'il le considérait sans aucun doute lui aussi comme le représentant le plus éminent du genre comique.

1. Toutes les traductions d'extraits d'Aristophane ou d'autres auteurs sont du signataire de cet ouvrage.

Chapitre I

LA COMÉDIE GRECQUE AU Ve SIÈCLE

I. — Structure de la comédie ancienne

La structure de l'ancienne comédie telle que nous pouvons la définir est tirée des pièces d'Aristophane elles-mêmes. On ne saurait donc parler de structure canonique ou imposée, et les variations que l'on trouve dans les pièces par rapport à ce schéma traditionnel ne sauraient être tenues pour irrégulières. Toutes les comédies sont écrites en vers et observent (comme le font la plupart des opéras, opérettes et comédies musicales) une alternance entre les passages parlés et chantés, mais avec une dominance des scènes parlées. Ce dialogue parlé est souvent appelé « scènes iambiques », car il est le plus souvent écrit en trimètres iambiques ; néanmoins, plus varié que dans les tragédies, il utilise aussi des tétramètres anapestiques, iambiques, et trochaïques ainsi que des systèmes (périodes de monomètres et de dimètres) dans ces rythmes. Les chants du chœur suivent une métrique très variée. On trouve aussi, mais plus rarement des chants solistes, des dialogues lyriques et des récitatifs *(paracatalogè)*. Les principales divisions d'une comédie ancienne « typique » sont les suivantes :

Le *prologue* est habituellement dit par un ou deux personnages, souvent des esclaves, et annonce le thème de la comédie, ou tout au moins ce qu'il est au début de la pièce.

La *parodos* correspond à l'entrée des *choreutes* (membres du chœur), qui peut être traitée de façon très variée, de l'irruption en formation de bataille jusqu'à l'arrivée discrète en petits groupes.

L'*agôn* est la grande scène de débat qui oppose, aussi bien dans la tragédie que dans la comédie, deux personnages pour un long débat de forme rhétorique. Dans la comédie, le héros est souvent aidé par un troisième personnage qui se contente d'ordinaire d'interventions bouffonnes. On trouve un *agôn* dans la plupart des pièces d'Aristophane ; quand il est complet, il est double et constitué d'une ode *(odè),* chantée par le chœur, suivie du *katakéleusmos*, deux vers d'exhortation du *coryphée* (chef du chœur) au premier intervenant (qui sera la plupart du temps vaincu dans ce débat), des *épirrhèmes*, qui correspondent à l'exposé des premiers arguments et se terminent par le *pnigos* (essoufflement), quelques vers dits sur un rythme très rapide sans que l'acteur reprenne son souffle. On retrouve ensuite une disposition symétrique pour l'adversaire, avec *antodè, antikatakéleusmos, antépirrhèmes* et *antipnigos.* Dans quelques comédies, le coryphée termine par une *sphragis* (sceau), où il exprime ses félicitations au vainqueur.

La *parabase*, qui se situe généralement à peu près au milieu de la pièce, est un élément spécifique de l'Ancienne Comédie, qui disparaîtra peu à peu en même temps que le chœur, puisque c'est celui-ci qui la prononce en restant seul en scène. C'est souvent une rupture complète avec l'action. Les choreutes tombent ordinairement le masque, au sens propre de l'expression, enlèvent leurs manteaux comme pour les scènes d'action, et exposent des considérations générales, politiques ou culturelles, voire les doléances personnelles de l'auteur. Elle se décompose ainsi : *kommation* (phrase courte), bref salut du coryphée aux acteurs, *parabasis* proprement dite, *pnigos*, ces trois premiers éléments étant toujours en anapestes, puis *odè*, *antodè* et *antépirrhèmes*. On ne la trouve pas toujours dans sa forme complète chez Aristophane, et elle disparaît d'ailleurs dans les pièces du IVe siècle. Il existe parfois aussi, dans la seconde partie de la pièce, une *parabase* plus simple ou *parabase* secondaire.

L'*exodos*, le finale, est le chant de sortie du chœur, le *cômos*, sortie chantée et dansée accompagnant très souvent la noce qui conclut nombre de comédies.

II. — Les prédécesseurs d'Aristophane

Pas plus qu'Aristote, nous ne savons quels étaient les divertissements comiques en Attique avant les guerres médiques. Le Marbre de Paros, gravé au milieu du IIIe siècle, porte une inscription qui dit que les habitants d'Icaria, un bourg de Mégare, furent les premiers à organiser des chœurs de comédie, inventés par un certain Sousarion, et que le prix attribué pour la première fois à Athènes consista en une corbeille de figues sèches et une mesure de vin. De ce mystérieux Sousarion qui aurait exercé son métier vers 570, mais qui n'est mentionné par aucun écrivain, nous n'avons qu'un maigre fragment de cinq vers, d'authenticité douteuse, qui prend pour cible les femmes : « Se marier ou ne pas se marier, c'est un mal. »

Le dramaturge sicilien le plus illustre fut Épicharme, peut-être originaire de Cos ou de Samos, qui naquit vers 530. Il fréquenta, comme Eschyle, la brillante cour du tyran de Syracuse Hiéron Ier, et mourut presque centenaire à peu près à l'époque de la naissance d'Aristophane. Il n'était donc guère plus âgé que Chionidès et Magnès, contrairement à ce qu'affirmait Aristote. Il composa une quarantaine de *dramata*, principalement des parodies mythologiques *(Les Comastes ou Héphaïstos, Héraclès à la conquête de la ceinture, Ulysse déserteur, Héraclès chez Pholos, Les Noces d'Hébé, Busiris, Les Sirènes, Le Cyclope),* et des pièces allégoriques et de réalisme populaire *(Logos et Logina, Le Paysan, Terre et mer, Les Marmites, L'Espérance ou la Richesse).* Nous n'en possédons malheureusement que quelques fragments – parfois seulement des titres –, mais s'ils sont insuffisants pour reconstituer l'intrigue d'une pièce, ils permettent d'entrevoir un style brillant, plein de traits mordants, de réalisme populaire et de sentences morales. Dans un des fragments de *L'Espérance ou la Richesse* apparaît même déjà le personnage du parasite. Épicharme procéda ainsi à une élaboration littéraire des farces mégariennes, mais leur contenu n'est ni actuel ni politique, et annonce presque plus Ménandre qu'Aristophane.

La Souda (lexique du Xe siècle apr. J.-C.) mentionne cinq drames bouffons à sujets mythologiques d'un second auteur comique de la colonie dorienne contemporain d'Épicharme, Phormis, mais nous n'avons que des traces insignifiantes de lui. Un autre Syracusain, Sophron, de la génération suivante, écrivit des mimes littéraires (les mimes antiques sont en fait des mimodrames parlés) dont nous n'avons que des mots isolés cités par les grammairiens, mais nous pouvons peut-être nous en faire une idée grâce à ceux que composa Hérondas deux siècles plus tard.

Vers 534, à Athènes, à l'occasion de la célébration des Grandes Dionysies, eut lieu le premier concours tragique, remporté par Thespis. Une cinquantaine d'années plus tard, lors des mêmes fêtes de 486, se déroula le premier concours comique qui marqua la naissance officielle de la comédie ancienne, genre qui durera jusqu'à la fin du siècle. Nous la connaissons par de multiples peintures de vases – bien que quelques-unes seulement puissent être rattachées à une pièce précise – et de très nombreux fragments, mais neuf comédies seulement – toutes d'Aristophane –, nous sont parvenues entières sur les quelques 600 qui furent données durant cette période. *Les Acharniens*, la comédie la plus ancienne qui nous soit parvenue, date de 425, et *Les Grenouilles*, la dernière comédie conservée que l'on puisse rattacher exactement à ce type, de 405. Néanmoins, nous possédons quelques petits traités anonymes plus tardifs sur la comédie, et par recoupements avec les scholies et les lexiques des grammairiens alexandrins et byzantins, nous pouvons glaner un certain nombre de renseignements.

Parmi ces poètes comiques, le plus ancien est Chionidès, vainqueur du premier concours de 486 ; il ne nous reste qu'une dizaine de vers de deux de ses comédies, *Les Héros* et *Les Mendiants*, plus un titre, *Les Perses ou les Assyriens*.

Dans la parabase des *Cavaliers*, Aristophane parle de trois de ses prédécesseurs Magnès, Cratinos et Cratès.

Le premier cité (*Les Cavaliers,* v. 520-525), Magnès, remporta, dit-on, onze victoires avant de passer de mode, la première en 472, l'année où Eschyle triompha avec une trilogie non liée : *Phinée, Les Perses* (première tragédie conservée), *Glaucos de Potnie* et le drame satyrique *Prométhée*. Nous n'avons de Magnès que huit vers et quelques titres : *Les Citharistes*, *Les Oiseaux*, *Les Lydiens*, *Les Moucherons*, *Dionysos*, *Les Grenouilles*. Il nous reste encore moins de vers d'Ecphantidès, autre auteur comique de cette génération, et deux titres : *Les Expériences* et *Les Satyres*.

Aristophane parle ensuite (*Les Cavaliers*, v. 526-536) de Cratinos (~ 485 - ~ 420) qui écrivit l'essentiel de son œuvre sous Périclès et terminait alors sa carrière, et qui est sans doute le plus grand maître comique qui l'ait précédé. Cratinos remporta six victoires aux Dionysies (la première en 453, et la dernière en 423, avec *La Bonbonne*, quand Aristophane était troisième avec *Les Nuées*), et trois aux Lénéennes (la première en 437). Nous connaissons de lui plus de 500 fragments, et 29 titres, parmi lesquels *Dionysalexandros*, *Némésis*, *Trophonios*, *Les Dèmes*, *Les Chirons*, *Les Fugitives*, *Les Archiloquiens*, *Les Saisons*, *Les Lois*, *Les Femmes thraces*. Ce qui frappe à la lecture de ces fragments, c'est la fréquence et la virulence des nombreuses invectives et attaques personnelles contre Périclès, sa cible principale. L'homme d'État qui dirigea Athènes de 461 à sa mort, en 429, est violemment raillé sous les traits d'un Zeus ou d'un Dionysos burlesques. Ainsi, Cratinos est-il peut-être l'inventeur de la comédie politique – et en cela, son influence sur Aristophane est certaine –, et de la structure de la comédie attique.

Le poète comique Cratès, que cite finalement élogieusement Aristophane dans la parabase des *Cavaliers* (v. 537-540), semble avoir commencé sa carrière comme acteur dans les pièces de Cratinos avant d'écrire ses propres comédies en suivant le modèle d'Épicharme. Il obtint trois victoires aux Dionysies urbaines et fut, selon Aristote (*Poétique*, 1449 *b*), le premier à renoncer à l'invective iambique. Nous avons une soixantaine de fragments de lui *(Les Voisins, Les Animaux, La Lamie, Les Orateurs)*.

III. — Les rivaux d'Aristophane

En dehors de certains de ses confrères plus âgés, comme Cratinos, qui exerçaient encore quand débuta Aristophane, ses rivaux les plus connus furent Phrynichos le Comique, Platon le Comique et Eupolis. Phrynichos, fils d'Eunomidès, était un auteur comique contemporain, à ne pas confondre avec l'un des fondateurs de la tragédie. Sa première victoire remonte à 429-428. On connaît dix titres. *Le Solitaire* fut représenté aux Dionysies de 414 avec *Les Oiseaux* d'Aristophane, et ses *Muses* obtinrent le second prix derrière *Les Grenouilles*. Il avait dû parodier Andromède attachée sur son rocher, telle qu'elle apparaissait dans la pièce d'Euripide produite en 412, comme Aristophane le fera dans *Les Thesmophorieuses* (v. 1009-1135).

Platon le Comique remporta sa première victoire aux Dionysies vers 414 ; il écrivit une trentaine de comédies de style brillant dont les titres indiquent un contenu mythologique ou politique : *Adonis*, *Phaon*, *Dédale*, *Zeus affligé*, *Hyperbolos*, *Cléophon*, *Pisandre*.

Eupolis, fils de Sosipolis, était le contemporain d'Aristophane, et même son ami, tout au moins à leurs débuts. Né vers 445, il commença lui aussi très jeune à faire jouer des pièces, vers 429. Quatorze comédies peuvent lui être attribuées de façon sûre : *Les Chèvres, Autolycos, Les Androgynes, Les Baptes, Les Dèmes, Les Hilotes, Les Flatteurs, Marikas, Les Nouvelles Lunes, Les Cités, Les Prospaltiens, Les Taxiarques, Les Amis, L'âge d'Or*. En 421, dans *Le Maricas*, il caricaturait Hyperbolos sous ce nom, comme Aristophane l'avait fait pour Cléon-Paphlagon dans *Les Cavaliers*. La même année, ses *Flatteurs* l'emportèrent sur *La Paix*. Aristophane accusa Eupolis de l'avoir plagié, alors qu'Eupolis, de son côté, prétendait avoir collaboré aux *Cavaliers*. Il s'ensuivit une brouille qui semble avoir duré jusqu'à la mort précoce d'Eupolis vers 411, peut-être lors d'une bataille contre les Spartiates, selon *La Souda* (une légende veut qu'il ait été noyé sur ordre d'Alcibiade, dont il s'était moqué). Dans l'Antiquité, Eupolis était considéré comme un des trois plus grands poètes comiques, avec Aristophane et Cratinos.

Parmi les autres rivaux d'Aristophane, on peut citer Télécleidès, imitateur de Cratinos, Hermippos, un autre détracteur de Périclès, qui remporta sa première victoire en 435 (au vers 557 des *Nuées,* il est fait allusion à ses *Boulangères* qui datent des environs de 420), Leucon, et Phérécratès dont nous connaissons dix-neuf titres, parmi lesquels *Les Sauvages, Les Déserteurs, Corianno, Chiron.*

Chapitre II

LE THÉÂTRE DANS LA CITÉ

Le théâtre est le seul genre littéraire grec dont tous les auteurs sont, à notre connaissance, Athéniens. Il est à la fois le témoin et l'expression la plus nette de l'essor de cette démocratie au Ve siècle, et va l'accompagner tout au long du siècle. La parenté est nette entre la vie publique et la comédie, qui met en scène de façon comique le fonctionnement de l'État athénien.

Il existait à Athènes trois lieux de réunion des citoyens qui affirmaient ainsi l'unité de la *Polis,* la Cité : l'Assemblée du peuple *(Ecclèsia)* siégeait sur la Pnyx, colline rocheuse proche de l'Acropole ; l'Héliée, sur l'Agora, servait aux principales réunions judiciaires ; le Théâtre de Dionysos, enfin, situé sur le flanc sud de l'Acropole, accueillait les rassemblements religieux. Le théâtre des petites cités était utilisé à la fois pour les manifestations politiques, religieuses et musicales. Nous donnons ainsi souvent un sens trop moderne au terme architectural « théâtre », qui implique pour nous des spectacles dramatiques, alors que le mot grec *theatron* signifie simplement « le lieu d'où l'on voit ». La simplicité des équipements purement scéniques des théâtres grecs du Ve siècle s'explique donc en partie par le fait que c'étaient des structures prévues pour les rassemblements religieux qui permettaient des spectacles, plutôt que des édifices conçus pour des spectacles qui abritaient des rassemblements religieux.

I. — Les représentations théâtrales

L'une des grandes différences entre le Théâtre grec du Ve siècle et toutes les autres formes de théâtre connues est que chaque pièce était composée pour être présentée à un concours dramatique, qui lui-même entrait dans le cadre plus vaste des concours musicaux (chants, danses, théâtre). Dans tous les Jeux panhelléniques, les Grecs alliaient épreuves sportives et concours musicaux : Jeux Pythiques en l'honneur d'Apollon, qui se déroulaient à Delphes depuis 586 ; Jeux Isthmiques en l'honneur de Poséidon, à Corinthe depuis 580 ; Jeux Néméens en l'honneur de Zeus, à Némée depuis 573. Seuls les Jeux Olympiques, fondés en 776, ne comportaient que des épreuves sportives, mais il y avait quand même des spectacles musicaux hors compétition. On peut ajouter à ces quatre épreuves principales – car les sportifs grecs visaient déjà eux aussi le « Grand Chelem » – les concours athéniens des Panathénées, que Pisistrate avait réorganisées en 566, et les Grandes Dionysies.

Les fêtes dionysiaques. — Les concours dramatiques se déroulaient à l'occasion de deux fêtes religieuses consacrées à Dionysos, les *Lénéennes*, qui se tenaient fin janvier - début février, et les *Grandes Dionysies*, célébrées fin mars - début avril. Aux Grandes Dionysies, concouraient trois poètes tragiques et trois poètes comiques. Chaque auteur tragique présentait une tétralogie (trois tragédies plus un drame satyrique, pièce plutôt divertissante dont le chœur était composé de satyres), et chaque auteur comique une œuvre. A certaines époques, il y eut jusqu'à cinq poètes comiques. Aux Lénéennes, les concours comiques avaient plus d'importance que les concours tragiques : il y avait le même nombre de comédies, mais seulement deux poètes tragiques qui ne présentaient que deux pièces chacun. Parmi les autres fêtes consacrées à Dionysos, on peut encore citer les Dionysies des champs (ou Dionysies rurales) : elles se déroulaient dans le cadre des dèmes entre les vendanges et le mois de décembre, où elles étaient célébrées à Athènes. C'était une fête de paysans, et spécialement de vignerons, qui remerciaient le dieu pour les récoltes. Une procession chantée était conduite par des jeunes filles portant des corbeilles sacrées, remplies de fruits et de vin. Un énorme phallos, qui symbolisait le dieu et la fécondité de la terre, était au centre du cortège, et il était salué par des hymnes phalliques comportant des couplets grivois. On ne sait si ces fêtes donnaient également lieu à des représentations théâtrales, mais en tout cas, il n'y avait pas de concours.

Pour le concours des Lénéennes, les avis diffèrent. Il est généralement admis qu'à l'origine le festival se tenait sur la place d'un marché, nommée *orchestra*, au nord-ouest de l'Acropole, mais que, vers 440, il prit de l'importance et fut transféré au Théâtre de Dionysos Éleuthéros. Certains archéologues affirment pourtant que ce transfert n'eut lieu qu'après la reconstruction de Lycurgue, au milieu du IVe siècle. Toutes les sources anciennes indiquent pourtant que l'Agora était le lieu des représentations dramatiques avant que le théâtre ne soit construit, et elles ne font certainement pas allusion à la reconstruction de Lycurgue. On peut donc considérer que le Théâtre de Dionysos accueillait aussi le festival des Lénéennes, et que les problèmes de la scène étaient les mêmes pour toutes les comédies d'Aristophane.

L'organisation des concours dramatiques. — L'État gérait les concours théâtraux selon les normes qu'il appliquait à l'administration de la Cité. Il existait même une taxe pour les spectacles, le *théorikon*, destinée à assurer aux citoyens les plus pauvres leur entrée au théâtre. On a estimé le budget de ces fêtes à trente talents (1 talent = 6 000 drachmes), somme considérable qui correspondait au prix d'une centaine d'esclaves. L'archonte éponyme, un haut magistrat civil, ainsi nommé parce qu'il donnait son nom à l'année pendant laquelle il exerçait sa charge, était responsable de l'organisation des Grandes Dionysies et il devait rendre des comptes à la fin de son mandat. De même, l'archonte roi était chargé des Lénéennes. L'État prenait en charge l'organisation générale des concours et le cachet des artistes professionnels, mais un riche citoyen, frappé d'une sorte d'impôt sur la fortune, la *chorégie*, devait engager une somme minimale, principalement destinée à subvenir aux besoins du chœur pendant toute la durée des répétitions. Ce *chorège* était chargé de produire un des spectacles, tragiques ou comiques, des concours dramatiques. Il pouvait aussi se répandre en largesses supplémentaires (costumes, figurants, décors, accessoires, etc.) pour assurer le succès de son auteur et y gagner lui-même un prix, et éventuellement une réputation politiquement utilisable. Le jeune Périclès avait ainsi été en 472 le chorège de la tétralogie d'Eschyle qui incluait *Les Perses*, la première tragédie conservée.

Le poète remplissait souvent les fonctions de répétiteur du chœur et de metteur en scène *(didascalos)* et parfois même d'acteur, tout au moins au début. Par la suite, un *didascalos* professionnel fut souvent engagé. Contrairement, semble-t-il, à ses prédécesseurs et rivaux, Aristophane assura rarement la mise en scène de ses propres comédies, bien qu'il en fût fort capable (sa première mise en scène, tout jeune, pour *Les Cavaliers*, lui valut le premier prix), mais il préféra généralement confier cette tâche à des collaborateurs de confiance : Callistratos, Philonidès, ou, à la fin de sa vie, son propre fils Araros.

On ne sait pas exactement s'il y avait trois journées consacrées aux tétralogies et une aux comédies, ou si une comédie terminait chaque journée, mais cette dernière formule semble plus satisfaisante : le drame satyrique devait détendre les spectateurs après l'émotion de la trilogie tragique, et avant la libération totale de la comédie.

En fait, nous ne savons quasiment rien sur les représentations théâtrales grecques, les masques, les costumes, la musique ou le jeu des acteurs aux Vᵉ siècle : il n'existe aucun récit ou témoignage de spectateur contemporain, aucune peinture de vase illustrant directement une représentation, ni même aucun édifice théâtral du Vᵉ siècle conservé intact. Nous connaissons quelques aspects juridiques ou financiers, glanés dans des discours judiciaires, mais les renseignements les plus anciens sur les représentations remontent à Aristote, qui vécut au siècle suivant et s'y intéresse du reste fort peu, ou Pollux, grammairien du IIᵉ siècle *après* J.-C. La plupart des assertions sur le déroulement des spectacles ne sont donc le plus souvent que des hypothèses. Les seuls éléments solides ne se trouvent que dans les textes eux-mêmes – quand les manuscrits sont sûrs – et notamment dans ceux d'Aristophane, qui fait souvent allusion à la représentation elle-même. De plus, la mise en scène du Théâtre grec a certainement beaucoup évolué au cours du siècle et Aristophane lui-même a sans doute connu ou introduit de nombreuses nouveautés. Enfin, nous n'avons que les textes de ces pièces musicales. Évidemment, il ne faut pas non plus imaginer qu'Eschyle était Mozart ou Richard Strauss et que nous perdons autant que si nous n'avions plus que les livrets de Lorenzo Da Ponte ou de Hugo von Hoffmansthal, mais de ce fait, tout ce que l'on peut dire sur le Théâtre grec est déjà gravement lacunaire.

Comme toute compétition, les concours dramatiques avaient leurs règlements et leurs conventions, et les contraintes et les potentialités de la mise en scène pesaient donc sur la composition de l'œuvre. L'auteur devait en effet avoir toujours présent à l'esprit l'espace théâtral limité et le nombre réduit d'acteurs, mais aussi les effets qu'il pouvait tirer d'un chœur important, de solistes musiciens ou danseurs, et de la machinerie. L'organisation des concours était complexe : les auteurs qui désiraient concourir devaient présenter plusieurs mois à l'avance leur œuvre à l'archonte responsable, qui choisissait à quels poètes il « attribuerait un chœur », selon des critères qui nous sont inconnus. Quelques jours avant les représentations, se tenait dans l'Odéon de Périclès – un bâtiment construit vers 440 qui jouxtait le Théâtre de Dionysos – le *proagôn,* cérémonie au cours de laquelle se réunissaient les troupes concurrentes, portant des couronnes au lieu de masques. On y annonçait au public le programme et on présentait les acteurs. Le jour de la représentation, un héraut annonçait le nom de l'auteur qui allait être joué. A l'issue de chaque concours, tragique et comique, étaient attribués les prix du meilleur chorège, du meilleur poète, et du meilleur acteur. Le jury était composé de citoyens dont les noms avaient été préalablement déposés dans dix urnes, une par tribu. Au début du concours, ces urnes scellées étaient apportées dans le théâtre, et l'archonte tirait un nom de chacune d'elle. Les dix personnes ainsi sélectionnées constituaient le jury, et à la fin du concours, déposaient leur vote dans une urne. L'archonte en tirait alors cinq de ces dix tablettes et proclamait les résultats. Nous ignorons si un prix autre qu'honorifique récompensait les poètes vainqueurs.

Les édifices. — Notre connaissance des théâtres grecs vient de deux types de sources : l'archéologie et les textes. Malheureusement, on ne peut trancher en donnant plus de valeur aux unes qu'aux autres car elles sont toutes deux susceptibles d'interprétation. Il nous reste peu de traces archéologiques et, nous l'avons vu, guère plus de traces textuelles des premiers théâtres grecs : ceux du Ve siècle ont été construits et reconstruits jusqu'à l'époque romaine. Les premiers vestiges matériels en Attique datent du milieu du Ve siècle : ce sont ceux de Thorikos qui montrent 21 rangées de gradins de pierre très simples, avec une *orchestra* rectangulaire sans bâtiment de scène. On trouve plusieurs édifices comparables, à Trachones, Argos et Chéronée.

Pour Athènes, qui nous intéresse au premier chef, puisque

c'est là que furent représentées toutes les pièces grecques qui nous sont parvenues, le premier théâtre, celui de l'Agora du VIe siècle, comportait des gradins en bois supportés par des échafaudages *(ikria)* pour le public (*Thesmophorieuses*, v. 395), mais ceux-ci s'effondrèrent au début du Ve siècle. Le Théâtre de Dionysos fut alors transféré sur le flanc sud de l'Acropole, en profitant de la déclivité naturelle comme pour la plupart des théâtres grecs. Cet édifice pose du reste beaucoup de problèmes, car il fut souvent refait et le double témoignage de l'archéologie et des textes concorde mal. C'est donc plus par comparaison avec d'autres théâtres que par analyse des vestiges matériels que l'on peut présenter quelques éléments raisonnablement sûrs : un *koilon* (ou *theatron,* ensemble des gradins) à trois volées de gradins avec une *skènè* très simple (bâtiment de scène) permettait des entrées latérales et frontales. A cette époque, il était de forme trapézoïdale et non circulaire. Les gradins étaient divisés en secteurs par des escaliers verticaux *(klimakes),* et une allée médiane horizontale *(diazôma)*. Dans les premiers temps, cette *skènè* n'était sans doute qu'une sorte de tente, comme l'indique son nom, puis devint au Ve siècle une structure en bois, mais assurément assez vaste et solide pour supporter la machinerie du théâtre. Cette *skènè* servait de décor principal, d'entrée frontale pour les acteurs, de coulisses et à améliorer l'acoustique. Elle possédait un toit en terrasse – accessible de l'intérieur et de l'extérieur, sans doute par de simples échelles – souvent nommé le *théologéion (l'endroit d'où parlent les dieux)*. La partie en pierre la plus anciennement conservée de la *skènè* du Théâtre de Dionysos doit être datée du milieu du IVe siècle, ce qui signifie qu'il ne nous reste absolument rien des décors ni du cadre des représentations du Ve siècle. Notons que le magnifique théâtre d'Épidaure, que l'on donne généralement comme prototype du théâtre grec, date en fait de la seconde moitié du IVe siècle et est assez différent de ceux du Ve siècle.

Le chœur et les acteurs évoluaient dans l'*orchestra* (aire plane de terre battue) sans doute alors de forme trapézoïdale. A partir des réfections de 338-326, faites par Lycurgue, on a un *koilon* en forme de U, un bâtiment de scène avec colonnades, et des sièges de marbre au premier rang. Le terme *parodoi,* souvent utilisé pour désigner les entrées latérales du théâtre, n'a pris que tardivement ce sens. Aristophane employait exclusivement le terme *eisodoi* pour ces accès, et *parodos* ne doit être pris que dans sa seule acception de « première entrée du chœur ». Le plus souvent, par convention, quand la scène se déroulait à Athènes, l'*eisodos* de gauche correspondait à la direction de la ville, et l'*eisodos* de droite à celle de la campagne, du Pirée et de l'étranger.

Selon une ancienne théorie, il y avait séparation totale entre les acteurs et le chœur, les premiers évoluant sur une scène surélevée et le second dans l'*orchestra.* Cependant, les textes – et notamment ceux d'Aristophane – indiquent trop de contacts entre les deux parties et de nombreuses entrées et sorties des acteurs par les *eisodoi,* ce qui rend impossible une importante dénivellation. En fait, le problème est de savoir si les acteurs évoluaient au même niveau, dans l'*orchestra,* ou s'il existait une scène en bois plus ou moins basse (dont nous n'avons évidemment nulle trace archéologique). Aristophane indique souvent des montées et des descentes pour des acteurs qui sont déjà dans l'*orchestra* ; elles doivent donc faire allusion à une estrade surélevée de faible hauteur. Cette estrade a sans doute été l'ancêtre du *proskénion* hellénistique ; c'était le lieu privilégié pour les acteurs, sans que cela les empêchât de jouer aussi dans l'*orchestra,* surtout quand le chœur était absent ou immobile. Contrairement à ce qu'on lit souvent, il n'y avait pas d'autel permanent dédié à Dionysos au centre de l'*orchestra.* Les archéologues n'en ont jamais découvert la moindre trace, ni à Athènes ni dans une autre cité. Quant aux *paraskènia* (ailes du bâtiment de scène), rien dans les textes dramatiques n'indique qu'elles existaient déjà au Ve siècle.

La machinerie. — Deux machines de théâtre étaient d'usage courant, surtout chez les tragiques : l'*eccyclème* et la *mèchanè.* Aristophane les a souvent raillées, mais il les utilise aussi parfois lui-même. Elles faisaient partie intégrante de l'arsenal des représentations, et le public les connaissait bien. Nous retrouvons là un problème courant : nous connaissons l'exception plutôt que la norme puisque ce qui est habituel ne nécessite aucune explication.

L'*eccyclème* servait à révéler aux yeux du public des scènes censées se passer à l'intérieur, ou exposer des cadavres (bien que l'interdiction de montrer meurtres ou suicides sur scène ne soit certainement pas aussi incontestable qu'on veut bien le dire). Le poète grec pouvait donc utiliser le chœur ou un personnage pour raconter ce qui se passait à l'intérieur, mais l'utilisation de l'*eccyclème* était usuelle, comme le prouve la parodie qu'en fait Aristophane dans *Les Acharniens* et *Les Thesmophorieuses.* Il semble y avoir eu deux sortes d'*eccyclèmes :* une plate-forme sur roues et une plate-forme pivotant autour d'un axe. Cet *eccyclème* permettait ainsi de faire apparaître un intérieur ou un lieu différent.

L'existence au Ve siècle de la *mèchanè* est également bien

attestée, et admise par tous les commentateurs et chercheurs. Pollux (IV, 128 sq.) en donne une description assez précise d'une grue qui dominait la *skènè* et permettait de faire voler les dieux et les héros. Aristote, dans sa *Poétique* (1454 *b*, 1), critique les auteurs qui font appel au dieu de la *mèchanè* (le *deus ex machina* latin) pour dénouer l'action de leur tragédie, et Platon fait aussi parfois allusion à ce stratagème. Cette grue semblait se composer d'une poutre verticale pouvant pivoter et d'une flèche munie d'une poulie. Une corde reliée à un treuil servait à élever dans les airs le personnage, grâce à un harnais ou à une nacelle qui pouvait représenter un véhicule ou un animal quelconque. L'utilisation de la *mèchanè* était moins fréquente que celle de l'*eccyclème*, sans doute parce que le maniement en était plus délicat.

Les décors. — Compte tenu du nombre de pièces représentées durant les festivals (entre dix et quinze selon le concours), il était sans doute impossible de préparer un décor spécifique pour chacune d'entre elles, d'autant plus que le bois était rare en ces périodes de guerre. Cependant, des panneaux peints devaient suffire à préciser l'action des drames représentés. Le décor typique de la comédie, utilisable pour la plupart des pièces d'Aristophane, représentait une maison, mais les poètes comiques pouvaient aussi emprunter un décor tragique (temple, palais ou tente de chef) ou de drame satyrique (bord de mer, ou paysage campagnard comme dans *Les Oiseaux*). Ces décors ne devaient pas être très réalistes, mais le public comme les auteurs étaient sans doute peu exigeants. Ainsi, dans le *Critias* (107), Platon explique-t-il qu'un peintre spécialisé dans le corps humain doit être plus précis et attentif qu'un peintre de la nature car « les gens qui regardent ces tableaux connaissent parfaitement le corps humain, alors que quand on voit la représentation des montagnes, des fleuves, ou des bois, nous n'avons aucune connaissance exacte en ce domaine ». Une telle affirmation, même si elle est très étonnante pour nous, confirme le peu d'intérêt pour les décors. Il en va du reste de même pour les paysages représentés à l'arrière-plan des vases peints, d'un art très sommaire et surtout très symbolique. On peut ainsi citer un lécythe attique à fond blanc du peintre d'Achille, daté de 440, qui représente une muse jouant de la cithare. Celle-ci est assise sur un rocher vaguement esquissé, sur lequel est simplement écrit « Hélicon » ! Les dramaturges ne font du reste guère allusion au décor, et les changements de lieu éventuels sont ordinairement indiqués dans le dialogue. Nous ne trouvons de même aucune référence aux *périactes* (écrans mobiles en forme de prisme), qui n'existaient vraisemblablement pas à cette époque.

La question des décors simultanés est beaucoup plus complexe, et pose le problème des décors praticables. Il est incontestable qu'il existait une ou plusieurs fenêtres, mais elles sont assez rarement utilisées. La question du nombre de portes percées dans le mur de la *skènè* est plus épineuse. Il est généralement admis qu'une seule porte pouvait suffire pour la tragédie, mais les éditeurs imaginent parfois une ou deux portes supplémentaires. Il n'y a pourtant aucune scène qui nécessite réellement plusieurs portes, aucun vers qui y fasse allusion. l'Ancienne Comédie, à l'instar de la Tragédie, n'utilisait donc sans doute qu'une porte unique qui pouvait être attribuée tour à tour à des personnages différents, ou considérée comme un « intérieur indéterminé ».

Masques et costumes. — Le masque, d'origine religieuse, était l'élément essentiel de la tenue des acteurs et des choreutes. Son utilisation constante conditionnait le jeu des acteurs et la conception de l'œuvre. Il permettait aussi les changements ou les divisions de rôle puisque c'est le masque qui identifie le personnage, et non pas le visage de l'interprète. On pourrait presque dire que le personnage était surtout un costume et que peu importait qui l'habitait : qui s'inquiète de savoir qui anime Kermit la grenouille ?

Le port du masque était du reste rendu obligatoire par la distance qui séparait le public de l'aire de jeu (au moins dix mètres pour les spectateurs les plus proches), et les masques, dont la décoration et l'expression étaient souvent recherchées, se voyaient mieux que des visages nus (de plus, n'oublions pas qu'il n'existait ni lunettes ni jumelles de théâtre). Ils impliquaient un jeu fondé sur la voix et la gestuelle et non sur les expressions du visage. Ces masques étaient faits de tissu, cuir, bois et liège, avec des perruques, des barbes, bouches ouvertes ou en demi-masques pour la clarté de l'élocution (contrairement à une croyance assez répandue, il n'y avait pas de mégaphones dans les masques). Aucun masque de l'époque classique ne nous est parvenu, mais nous les connaissons assez bien grâce à quelques peintures de vases contemporaines (notamment le célèbre vase de Pronomos, un grand cratère à volutes de la fin du Ve siècle, qui dépeint un chœur satyrique), ainsi que par des statuettes et des copies en bronze, terre cuite ou marbre. Les masques comiques étaient plus variés que ceux, plus typiques des tragédies ou des chœurs de satyres, car les fabricants créaient éventuellement des masques caricaturaux originaux des personnalités raillées dans les comédies. Pollux énumère 44 types de masques pour la Comédie nouvelle, plus réalistes et proches de la tragédie d'Euripide. Les personnages comiques mâles portaient des costumes dont le ventre et le postérieur étaient rembourrés, parfois munis de longs phallus de cuir dont l'extrémité était peinte en rouge. Ils étaient la plupart du temps pieds nus ou chaussés de souliers de tous les jours. Les cothurnes des personnages tragiques étaient des brodequins souples et montants. On peut noter que les cothurnes à haute semelles semblent être apparus à l'époque hellénistique, quand disparut l'estrade basse : on remplaça peut-être ainsi, pour rehausser les acteurs par rapport au chœur, un praticable par un élément de costume.

Musique et danses. — Les pièces d'Aristophane étant, comme l'exige le genre, des comédies musicales, on y trouve de nombreux chants et danses, confiés au chœur, aux acteurs ou à des solistes. Ces chants sont liés à des activités professionnelles, civiques ou privées, mais la plus grande part revient aux chants religieux. Un joueur d'*aulos* entrait avec le chœur et assurait l'accompagnement musical des pièces. L'*aulos* était un instrument à anches, semblable à un hautbois à double tuyau (et l'on ne doit donc pas le traduire par *flûte*). D'autres instruments à cordes (lyre ou cithare) ou à percussion pouvaient éventuellement être utilisés, notamment des tambourins ou des crotales, instrument assez semblable aux castagnettes.

La danse par excellence du théâtre comique était le *cordax*, danse bouffonne, licencieuse et fringante. Ses figures consistaient en accroupissement, sauts, frappements des mains contre le postérieur, le ventre et les cuisses, pirouettes, déhanchements, martèlement des pieds : bref, une sorte de French-Cancan de l'époque. Dans *Les Guêpes,* Philocléon, ivre, danse un *cordax*, après avoir enlevé la joueuse d'aulos d'un banquet, puis parodie les danses des fils de Carcinos. Mais il existait d'autres danses très diverses, souvent utilisées pour célébrer les dieux.

Deux danses semblent ainsi spécialement réservées à la célébration de Bacchos : la *diplè* et le *thiase.* La *diplè*, « le pas redoublé » (oserait-on traduire par *paso doble* ?), est sans doute une danse d'origine laconienne. Dans *Les Thesmophories* (v. 981-1000), Bacchos, appelé aussi Iacchos ou Bromios, apparaît comme le meneur de la danse. Le rythme du chant du passage semble traduire l'aspect sauvage du dieu : beaucoup de syllabes brèves, avec un rythme iambique plutôt dominant. On trouve encore, aux vers 325-413 des *Grenouilles*, un cortège particulier, le *thiase*, dans lequel chants et danses sont combinés. Il régnait assurément une ambiance très animée, voire hystérique, dans ces manifestations où le dieu « rythme d'un pied hardi la célébration sans retenue et enjouée » (v. 330-332). La *pyrrhique* (*Nuées*, v. 989 sq.) est une danse guerrière en l'honneur d'Athèna durant la fête des Panathénées, et le bouclier devait servir d'accessoire pour réaliser des figures propres à ce type de danses, marquées par une agitation fébrile. Dans *Lysistrata*, c'est la danse laconienne *dipodie* qui est à l'honneur. Il y a aussi vraisemblablement des parodies de danses du théâtre tragique, par exemple celles d'Eschyle et d'Euripide dans *Les Grenouilles*, d'Euripide dans *Les Thesmophorieuses.* La danse évoquée aux vers 947-1000 de cette pièce est de type cyclique, vive et rapide. Les pas sont assez compliqués puisque la meneuse conseille à la fois de se laisser aller à la transe de la danse mais ne pas oublier de « tout surveiller du coin de l'œil » pour garder la formation. D'autres danses comme celles des *Oiseaux* ou celle des *Nuées*, devaient être plus aériennes. Les satyres, eux, dansaient surtout la *sikinnis*, une sorte de variante du *cordax*.

II. — Les acteurs, le chœur et le public

Les acteurs. — Selon les sources antiques, les acteurs étaient des professionnels alors que les chœurs étaient formés d'amateurs. Tous les rôles étaient tenus par des hommes, mais pour quelques apparitions de danseuses, musiciennes ou figurantes peu vêtues, on faisait peut-être appel à de gracieuses esclaves. Aristote (*Poétique*, 1449 *a*) affirme que du temps d'Eschyle, les pièces étaient jouées par deux acteurs, mais que vers 470 Sophocle introduisit un troisième acteur pour l'interprétation des tragédies. Il ajoute que cette innovation fut aussitôt adoptée par tous les poètes. Cette affirmation, unanimement acceptée, me semble pourtant discutable : comment concevoir qu'un auteur presque débutant, comme l'était alors Sophocle, pouvait imposer un changement aussi radical que l'augmentation du nombre des acteurs si le règlement était si contraignant ?

Cependant, même si on y arriva d'une autre façon, ce nombre de trois acteurs semble exact et avoir été fixé pour tous les concours tragiques, car on réussit assez facilement à distribuer entre trois acteurs les rôles parlés pour les tragédies conservées, de même que pour *Le Cyclope* d'Euripide, seul drame satyrique conservé. Ces trois acteurs professionnels formaient une petite troupe placée sous l'autorité de l'acteur principal, le protagoniste, les seconds rôles étant attribués au deutéragoniste (deuxième acteur), et les petits rôles au tritagoniste (troisième acteur). Chaque acteur pouvait tenir plusieurs rôles, ce que les différents masques et costumes rendaient aisé. Seuls les protagonistes entraient en compétition pour le prix du meilleur acteur. C'est le protagoniste seul, disait-on, qui « jouait la pièce » ; il était jugé sur l'ensemble de l'interprétation de sa troupe et non sur son propre jeu, ce qui aurait du reste été difficile puisqu'il interprétait souvent plusieurs rôles. Le protagoniste vainqueur semble avoir également été sélectionné d'office pour le concours de l'année suivante. Le troisième acteur, en revanche, était tenu en piètre estime, si l'on en juge par les railleries dont Démosthène accable Eschine, qui, selon lui, n'aurait jamais pu dépasser ce stade dans la troupe où il avait été acteur. Certains passages d'Aristophane ne peuvent pourtant pas se jouer avec trois acteurs seulement : on trouve parfois quatre rôles parlés dans la même scène, ou bien des changements de costumes impossibles à effectuer assez rapidement. Cette règle des trois acteurs ne semble donc pas avoir été aussi stricte pour les comédies que pour les tragédies, et l'auteur comique devait pouvoir faire appel, en dehors des trois acteurs professionnels, à une ou deux utilités pour de brèves interventions. Le nombre de figurants, utilités et solistes semble avoir été libre et fonction de la générosité du chorège.

Cette question du nombre des acteurs ne se résume pas à un simple problème de mise en scène car le poète devait tenir compte de cette contrainte au niveau même de la conception de l'œuvre. A mon sens, le protagoniste devait s'attribuer les rôles les plus importants et les passages les plus difficiles, les seconds rôles étant donnés au deutéragoniste, et une partie réduite, sans grande tirade, au tritagoniste. Le quatrième acteur, quand il est indispensable, n'a qu'une quinzaine de vers à dire au plus, et jamais plus de quatre vers à la suite. C'est donc dire que n'importe quel amateur pouvait tenir cette partie. Le terme « tétragoniste » n'apparaît du reste jamais, ce qui semble bien prouver que la fonction n'existait pas. Il arrive aussi que certains personnages soient parfois au premier plan, avec de nombreuses répliques ou des passages lyriques, pour rester en revanche pratiquement muets dans d'autres scènes. Ces surprenantes variations de comportement s'expliquent sans doute simplement par la division du rôle entre deux acteurs ou entre un acteur et un figurant.

Le chœur. — Les sources antiques indiquent que le chœur des tragédies était formé de 12 puis 15 personnes (*choreutes*) et ceux des comédies de 24. Ce nombre est fondé en partie sur *Les Oiseaux* (v. 267 sq.), où l'on compte 24 noms d'oiseaux à l'entrée du chœur. Pourtant, 4 oiseaux apparaissent dans cette *parodos*, ce qui porte ce nombre à 28, et rien n'indique qu'il s'agit de figurants. Ce nombre de 24 choreutes n'était donc peut-être pas impératif. En effet, il est compréhensible que les concurrents soient obligés d'utiliser le même nombre d'acteurs, payés par l'État, mais le chœur était composé, rappelons-le, de citoyens athéniens et financé par un chorège athénien. Une certaine liberté en la matière ne me semble donc pas avoir été impossible, avec peut-être un nombre minimal de choreutes pour assurer la représentation, sans qu'il soit exclu de le dépasser. Après tout, un chœur de 24 personnes n'assure pas forcément un meilleur spectacle qu'un chœur de 15 !

Le chef du chœur, le *coryphée*, est un personnage essentiel dans la comédie : non seulement il mène les choreutes, mais il dialogue avec les acteurs. Son rôle est souvent si important – ne serait-ce que par sa longueur – que je ne serais pas étonné qu'il ait été en fait confié à un professionnel, peut-être au *didascalos*. De même, affirmer que seul le coryphée parlait aux acteurs alors que les choreutes se contentaient de toujours chanter à l'unisson est peut-être exagéré : les manuscrits n'indiquent jamais que « ΧΟΡΟΥ » *(du chœur)*, et seule la métrique (vers chantés ou récités) nous a habitués – peut-être à tort – à faire cette distinction.

Le chœur, et spécialement le chœur comique, était le représentant sur scène de la communauté civique athénienne, et endossait ainsi les sentiments du public, tel un médiateur. Lorsque le chœur était composé de personnages auxquels pouvaient s'identifier les spectateurs, certains problèmes de l'auteur se résolvaient d'eux-mêmes puisque le dialogue ou la discussion s'adressait au public par-delà le chœur. Inversement, dans la comédie, quand les choreutes représentaient des personnages qui n'étaient pas susceptibles de représenter les Athéniens (ce qui est le cas, notamment, des chœurs féminins), le poète ne pouvait établir ce lien avec l'assistance.

Composition de l'assistance — Reste maintenant à voir un des éléments essentiels de la représentation, le public, entité mouvante mais pesant de tout son poids, surtout dans ce contexte de concours, comme dans les rencontres sportives (antiques ou modernes). En fait, penser au public grec antique comme au public silencieux et respectueux qui fréquente nos salles modernes, me semble une erreur. Il vaut mieux, je crois, le comparer à celui des grands rassemblements des stades, car ces spectateurs devaient rester de l'aube à la tombée de la nuit, parfois dans le froid ou sous la pluie (il ne devait pas faire chaud lors des Lénéennes, en janvier-février). Il faut dire que ce public était composé de connaisseurs, puisque la plupart des spectateurs étaient amenés à jouer eux aussi dans les chœurs de théâtre ou de dithyrambe. C'est peut-être ce qui explique la qualité de ces pièces et nous permet de mieux comprendre pourquoi les chœurs dramatiques étaient composés de citoyens athéniens et non de professionnels.

Le public est un public d'hommes : on n'a jamais prouvé qu'au Ve siècle des femmes (ni même des hétaïres) assistaient aux représentations théâtrales (pas plus qu'aux concours sportifs), peut-être pour des raisons de convenances, parce qu'elles n'étaient pas citoyennes, ou tout simplement parce que le nombre de places n'était pas suffisant. Le texte d'Aristophane semble au contraire souligner cette absence : dans aucun passage on ne trouve en effet la moindre adresse à des femmes, même dans les trois comédies féminines ; en revanche, on peut relever beaucoup d'indices dans le sens contraire. Pourtant, l'argument qui me semble déterminant est le fait que lorsque le chœur est composé d'Athéniens, il y a toujours de nombreuses adresses au public, alors que dès qu'il s'agit d'un chœur féminin, c'est le silence. Le spectateur ne peut plus être qu'un témoin de ce qui se passe dans ces *gynécocraties*. De plus, les femmes athéniennes n'ont pas d'existence en tant que corps constitué : elles ne peuvent donc fonctionner comme un véritable chœur, groupe homogène par définition. La meilleure preuve en est que dans aucune de ces comédies elles ne réussissent même à organiser une véritable parodos : leurs entrées en scène sont toujours informelles.

Le théâtre, à Athènes, était un lieu où l'on allait plus pour voir que pour être vu (contrairement aux loges romaines, à celles des théâtres à l'italienne ou des tournois de Roland-Garros). Ce public méditerranéen était naturellement expansif et bruyant, et on ne pouvait lui demander de rester assis toute la journée sans bouger – d'autant plus qu'il ne bénéficiait pas des commodités des stades ou théâtres modernes. On peut souvent trouver dans les textes des précautions oratoires dans les tragédies ou les comédies : mettre les spectateurs de son côté était important pour l'attribution du prix du concours, mais il fallait éviter que leurs réactions troublent le déroulement de la représentation. C'est pour cela, sans doute, que l'on peut noter que la plupart des prologues d'Aristophane commencent par des plaisanteries plus ou moins extérieures au sujet : une quarantaine de vers sont ainsi généralement dévolus à cette séquence d'ouverture pour permettre au silence de s'installer avant d'exposer le thème de la pièce.

Chapitre III

LA DRAMATURGIE D'ARISTOPHANE

Il serait vain de vouloir traiter de l'art d'Aristophane en quelques pages tant foisonnent les trouvailles dans tous les registres imaginables. Je me limiterai donc à tenter de souligner certaines pratiques qu'il emploie de façon originale et que l'on retrouve dans toutes ses comédies

I. — L'art d'Aristophane

Dans son essai *De l'essence du rire*, Baudelaire établit une différence entre le *comique simple*, *significatif* et le *comique absolu* ou *grotesque*, notions qui me paraissent essentielles pour comprendre l'art d'Aristophane. Les chœurs, les personnages, l'organisation du dialogue ainsi que certains procédés systématiquement utilisés par le poète, comme l'inversion des valeurs courantes et les travestissements, tous ces éléments s'organisent autour de ces deux espèces de comique pour constituer la fiction théâtrale d'Aristophane. Le comique significatif se réfère aux liens qu'entretient la pièce avec la réalité quotidienne, et domine ainsi dans les jeux de scène, la satire et la parodie, les personnes moquées, et une grande partie du comique verbal ; le grotesque correspond aux héros comiques, au fantastique, au détournement de la nature et du langage, et enfin à une imagerie tellement dense qu'elle devient elle-même réalité, mais une réalité différente, proche du *non-sens.* Si le comique significatif abonde chez Aristophane, ce sont sans doute ses créations grotesques qui ont donné à son art sa puissance et son originalité : le grotesque hybride de ses héros et de ses images dramatisées est bien la substance même du comique absolu, une force dionysiaque, carnavalesque, qui transfigure la réalité et crée un monde ironique, utopique ou fantastique, mais optimiste. Les images de création pure, les images grotesques, sont très nombreuses et remplissent des fonctions bien différentes. Tantôt ce sont de simples édifices verbaux qui vont d'un simple mot à une construction suivie durant toute la pièce, tantôt ces images sont réellement portées sur la scène et donnent naissance à un intermède, à un épisode, voire à l'action même de la comédie. On trouve ce grotesque dans *La Paix*, par exemple, avec le scarabée géant, une bête dégoûtante nourrie d'excréments, mais qui est pourtant la seule créature à pouvoir voler jusqu'à Zeus ; on le voit dans *Les Guêpes*, où les chiens, au lieu d'aboyer et de se mordre, se font des procès en règle ; on le rencontre dans *Les Acharniens*, où les otages ne sont pas des hommes *(anthropoi)*, mais des sacs de charbon *(anthrakoi)* ; on le trouve dans *Les Oiseaux*, où ces créatures ailées se mettent à vivre comme des humains, alors que les hommes se battent pour avoir des ailes et que les dieux viennent à la table des négociations.

Cependant, toutes les comédies d'Aristophane ne font pas également appel au grotesque. Curieusement, dans les pièces qui comportent un chœur de femmes *(Lysistrata, Thesmophorieuses, Femmes à l'Assemblée)* ou un chœur réduit à un simple rôle anecdotique *(Ploutos)*, le grotesque disparaît presque totalement au profit du comique significatif. Dans les autres comédies, l'importance du grotesque est proportionnelle à la réussite du héros aristophanien. Il règne ainsi en maître dans *Les Oiseaux*, comme Pisétaire sur l'univers ; il est très important dans *Les Acharniens*, *La Paix* et *Les Grenouilles*, où les héros connaissent une réussite certaine, bien que plus limitée ; il reste purement verbal dans l'immense agôn que sont *Les Cavaliers*, et indépendant du personnage principal dans *Les Nuées* et *Les Guêpes*, où Strepsiade et Philocléon échouent totalement ou partiellement.

Le résultat d'un tel mélange élève l'art d'Aristophane bien au-dessus de la simple satire ou du rire commun, en liant de façon indissociable la poésie et le comique. Cette poésie, on ne peut l'étudier isolément dans son œuvre, de même qu'on ne peut parler de son comique sans parler de sa poésie. La fantaisie verbale est en effet constante de la première à la dernière de ses pièces, et parcourt tous les registres, depuis l'utilisation cocasse des sons jusqu'au dialogue comique le plus élaboré, des plaisanteries scatologiques les plus pesantes aux mots d'auteur les plus fins. Pour prendre le seul exemple des *Oiseaux*, comédie où l'on perçoit le mieux la domination incontestable du *Logos* sur la réalité, c'est dans la manipulation des mots que Pisétaire va trouver les instruments et les voies de son triomphe. La grande idée du héros lui vient en contemplant le ciel, qu'il nomme poétiquement *polos*, « axe » ou « sphère céleste » (v. 179 sq.). Il se rend compte à ce moment-là que l'axe de son nouveau destin peut être ce *polos*, et que pour fonder la *polis* introuvable de ses rêves, il n'a qu'à transformer par un simple détournement verbal ce *polos* en *polis*, et faire du ciel une cité. Dans de telles conditions, cette cité n'aura évidemment aucun fondement solide, d'où son nom de Néphélococcygie, *Coucouville-sur-Nuages*. De même, le mot *nomos* peut prendre en grec des significations très différentes selon son accentuation : *nómos* veut dire « loi » ou « chant », et *nomós* « territoire, pâture ou champ ». Le territoire du chant deviendra donc tout naturellement le champ où ne s'exercent plus les puissances traditionnelles, le territoire sans aucune loi, ni celle des hommes, ni celle des dieux. Cette équivalence grotesque *nomós-pâture* et de *nómos-loi* est ainsi l'une des causes de cette métamorphose des Athéniens en oiseaux.

Cette maîtrise dramaturgique se retrouve dans la création de ses personnages, et principalement de ses protagonistes. Ceux-ci ne présentent que peu de points communs avec les autres héros comiques du théâtre mondial, ni même avec leurs successeurs de la Nouvelle Comédie ou de la Comédie latine. Ces héros sont fort variés : hommes, femmes, dieux ou êtres plus ou moins hybrides. On découvre malgré tout entre eux de nombreuses similitudes qui permettent de dégager certains schémas caractéristiques des héros aristophaniens. Ces héros réussissent, dans la plupart des cas, à s'élever à une espèce de dimension absolue qui les rend presque intemporels, notamment grâce à leur *ponèria*, cette maîtrise de certaines « qualités » qui sont défauts chez les autres hommes : impudence, fourberie, effronterie, imposture. La Comédie d'Aristophane crée en effet un monde à l'envers qui s'appuie sur une inversion systématique des valeurs courantes : celui qui veut y réussir doit donc procéder à ce renversement fondamental : il y a un peu de Dr Jekyll et beaucoup de Mr Hyde dans chaque héros aristophanien. Certains personnages secondaires jouent parfois un rôle si important qu'ils forment un couple comique avec le protagoniste. Ce sont pour la plupart des personnages fictifs, mais ils représentent la réalité de l'époque, alors qu'inversement certains Athéniens bien réels, revenant dans plusieurs comédies, sont parfois, en quelque sorte, « récupérés » par le poète et deviennent, par le traitement qu'il leur fait subir, des personnages quasi fictifs, Euripide étant l'exemple le plus complexe des différents stades de cette mutation.

Dès ses premières pièces, Aristophane utilise déjà la plupart des procédés dramaturgiques que nous retrouvons dans son œuvre : l'intrigue est fondée sur un syllogisme et déclenchée par la violence. Au cours du prologue de chaque comédie, le héros pose un postulat aberrant mais logique et génial, échappe à la réalité qui l'entoure grâce à ce raisonnement syllogistique dont la conclusion lui sert de clef pour gagner une nouvelle réalité qui s'établit alors sur scène. Une immense métaphore de la vie est alors présentée, une vaste image à laquelle concourent le dialogue, les personnages et la mise en scène ; c'est cette métaphore qui constitue la réalité de la fiction comique d'Aristophane, et qui distrait les spectateurs de la réalité quotidienne qui reste à l'arrière-plan. Le procédé utilisé par Aristophane est donc l'inverse de celui auquel nous sommes habitués, où la réalité est représentée sur scène, mais chargée de symboles ou d'arrière-pensées. La comédie d'Aristophane n'est pas un miroir de la réalité ; le spectateur est convié au contraire à un saut à travers le miroir, et la nouvelle réalité qui lui est présentée échappe aux normes habituelles.

II. — L'engagement politique d'Aristophane

Cet art n'est pourtant en rien artificiel : la fiction créée de façon si magistrale par le poète tire aussi sa substance de ses liens avec la réalité de son époque, qui reste à l'arrière-plan, des références à la Cité et à la campagne de l'Attique, des souffrances de ses contemporains, dues à la guerre ou à la misère, de ses attaches populaires aussi bien que de ses aspirations intellectuelles et artistiques. L'évasion que permettait cette fiction comique le temps d'une journée de concours, dans cette Athènes qui affrontait son déclin, était peut-être plus efficace encore pour les concitoyens d'Aristophane que la fiction de la Tragédie où évoluaient des héros bâtis sur d'anciens mythes.

On s'est souvent interrogé sur les idées politiques d'Aristophane et le rôle de ses comédies dans la vie politique d'Athènes. Toute la gamme des positions politiques a été envisagée : pacifiste convaincu, ennemi de la démocratie à la solde des aristocrates, membre d'un parti modéré, girouette politique allant dans le sens du vent et des modes, etc. Il serait en tout cas faux de croire que le poète attaque la démocratie en tant que telle, car il ne faut pas prendre pour argent comptant tout ce que disent les personnages d'Aristophane, et lui prêter les opinions qu'ils expriment. La comédie ancienne présente des thèses traditionnelles, liées aux exigences du genre comique : paradoxes, exagérations, ironie, saillies gratuites, inventions burlesques, que l'on retrouve du reste dans tous les spectacles satiriques qui sont par définition dirigés contre le régime au pouvoir (du moins quand la liberté d'expression est tolérée). Les prendre au pied de la lettre, c'est s'exposer à en tirer des conclusions souvent erronées. Fréquemment, Aristophane traite avec le plus grand sérieux les choses légères et avec légèreté les choses sérieuses. N'oublions pas non plus que ces fêtes étaient aussi destinées à faire oublier aux spectateurs les sombres réalités de la guerre, avec son cortège de deuils, de famines et d'épidémies.

Aristophane s'est plongé tout jeune, avec passion, dans la vie politique de son époque et, au cours de sa longue carrière, il a été le témoin de tous les bouleversements : conséquences de l'impérialisme de la démocratie de Périclès, guerre du Péloponnèse, pouvoir despotique des démagogues tels que Cléon, Hyperbolos et autres, domination oligarchique des Quatre-Cents, Constitution des Cinq-Mille suivie d'un retour à la paix intérieure, tyrannie et terreur des Trente, guerre civile qui amena le renversement des Trente et la réconciliation des partis. Il critiqua toujours ce qui lui semblait nuire à la paix, à la bonne marche de la cité et au bonheur des Grecs. Son théâtre contient donc de multiples allusions aux événements et aux crises que subissait la Grèce, et en particulier Athènes, sur le plan politique, social, économique et culturel. Aristophane se présente comme un défenseur du peuple et des abus dont il est la victime, tout comme les alliés d'Athènes oppressés par des tributs excessifs imposés par les démagogues corrompus : « Ils [les orateurs] secouaient nos riches alliés dodus en les accusant de pencher du côté de Brasidas [des Spartiates]. [...] Les étrangers, eux, voyant le genre de coups dont on les frappait, se mirent à bourrer d'or la bouche des auteurs de ces agissements, si bien que ces types-là s'enrichissaient, pendant que la Grèce, elle, se vidait sans que vous vous en rendiez compte. » (*Paix*, v. 639-648). Le peuple, par sa versatilité porte sa part de responsabilité dans cette situation, tout en se méfiant des dirigeants qu'il s'est lui-même choisis : « Pourtant, j'ai tout lieu de m'inquiéter, car le comportement de ceux de la campagne, je le connais : ils s'extasient dès que le premier charlatan venu fait leur éloge et celui de la Cité, mérité ou pas mérité ; du coup, ils ne s'aperçoivent pas qu'ils sont exploités ! Nos anciens aussi, j'en connais la mentalité : ils n'ont qu'une idée, c'est de mordre avec leurs votes. » (*Acharniens*, v. 370-376). Ce n'est donc pas le peuple qui règne, mais ceux par lesquels il se laisse manipuler. Le régime démocratique était en effet un régime plutôt aristocratique : « Théoriquement, le peuple était souverain, mais en fait c'était le premier des citoyens qui gouvernait la Cité » dit Thucydide en parlant de Périclès (II, 65). On retrouve perpétuellement l'opposition entre les partis aristocratique et démocratique dans leur lutte acharnée pour le pouvoir. Dans la ville des Oiseaux – comme à Athènes – on dévore « quelques oiseaux insurgés contre les oiseaux démocrates et reconnus coupables. » (*Oiseaux*, v. 1583 sq.). Le citoyen aimerait « démontrer que cette toute-puissance qui est nôtre ne le cède à aucune souveraineté » (*Guêpes*, v. 548 sq.), mais les oiseaux pensent que « la vie n'a plus de valeur à nos yeux si nous ne recouvrons pas notre royauté par un moyen ou par un autre » (*Oiseaux*, v. 548 sq.).

Aristophane n'est cependant pas insensible aux réalités économiques. On le voit bien dans *Les Guêpes*, où l'on assiste à un véritable débat technocratique, sur les rentrées de l'État et la mauvaise redistribution de la richesse alors que c'est le peuple, notamment les paysans, qui sont à l'origine de cette prospérité et de cette puissance. C'est un jeune homme, Bdélycléon qui s'évertue à persuader son père Philocléon, un maniaque des tribunaux, de son erreur : « Et maintenant, considère donc comme vous pourriez être riches, toi et tous les autres, si vous ne vous laissiez pas circonvenir, je ne sais comment, par ces éternels démocratattentionnés ! Toi qui règnes sur la plupart des cités, du Pont jusqu'à la Sardaigne, tu n'en tires aucun bénéfice à part ton salaire riquiqui. [...] En fait, ils veulent que tu sois pauvre, et je vais te dire pourquoi : c'est pour que tu reconnaisses ton dompteur... du coup, il n'a, lui, qu'à siffler et à t'exciter contre un de ses ennemis, pour que tu leur sautes sauvagement à la gorge. Car s'ils voulaient donner au peuple de quoi vivre, cela leur serait facile. Actuellement, il y a un millier de cités qui nous payent tribut... si l'on imposait à chacune d'elles de subvenir aux besoins de 20 Athéniens, 20 000 de nos concitoyens vivraient au milieu de plein de civets de lièvre, de couronnes de toutes sortes, de petit-lait et de gâteaux à la crème, jouissant des délices que méritent bien notre pays et le trophée de Marathon ! » (*Guêpes,* v. 698-711).

Toutefois, une abondance de richesses entraîne une menace pour la démocratie : « Eh bien, regarde les hommes politiques dans les cités : tant qu'ils sont pauvres, ils se montrent intègres envers le peuple et l'État... mais quand ils se sont enrichis avec l'argent public, les voilà illico devenus malhonnêtes, et ils se mettent à comploter contre la masse et à faire la guerre au peuple. » (*Ploutos*, v. 567-570).

Pourtant, la guerre dure et Athènes doit faire l'union sacrée pour mettre fin à l'impérialisme de la métropole et au conflit. En 411, Lysistrata expose un programme de liberté et de justice : « Quant à toutes les cités peuplées de colons venus de cette terre, nom de Zeus, il faudrait considérer qu'elles sont pour nous des sortes de boudins de laine qui gisent chacun de leur côté... et alors ramasser tous leurs boudins, les tirer ici, les rassembler en un seul... là-dessus faire une énorme masse de laine, et enfin tisser avec elle un manteau pour le peuple ! » (*Lysistrata,* v. 582-586).

Aristophane sait néanmoins que les solutions ne sont pas simples et que ce ne sont pas les théories collectivistes à la mode qui résoudront tous les problèmes. Dans *Les Femmes à l'Assemblée* – parodie comique de ces idées dont Platon à la même époque se fera le théoricien dans sa *République* –, l'héroïne Praxagora présente son programme : « Tout le monde doit tout mettre en commun, en prendre sa part et vivre sur un même pied ; il ne faut pas que l'un soit riche, et l'autre misérable ; que celui-ci exploite un vaste domaine, et celui-là n'ait même pas de quoi se faire enterrer ; que l'un emploie quantité d'esclaves, et l'autre même pas un domestique. Non, j'instaure un seul et même genre de vie commun pour tous. » (*Femmes à l'Assemblée*, v. 590-595). Pour faire admettre la communauté des biens, Praxagora propose la communauté sexuelle : « Les femmes n'auront pas non plus le droit de coucher avec les beaux hommes, avant d'avoir comblé les laids et les camards »... « C'est une idée démocratique » répond son mari ! (*Femmes à l'Assemblée*, v. 628-31).

Cependant quand la situation est vraiment dramatique, il n'est plus temps de plaisanter. En 405, en pleine crise du procès des amiraux de la bataille navale des Arginuses, le coryphée des *Grenouilles* s'exclame dans une parabase qui rencontra, semble-t-il, la totale adhésion du public : « Pour commencer, donc, il faut selon nous établir l'égalité entre les citoyens et mettre fin à la terreur. [...] Ensuite, je soutiens que personne dans la Cité ne doit être privé de ses droits civiques. C'est quand même une honte que des hommes qui n'ont participé qu'à un seul combat naval soient d'emblée assimilés aux Platéens, et d'esclaves deviennent maîtres. Ce n'est pas que je veuille dire que vous avez eu tort, non : je vous en félicite au contraire... c'est même la seule chose sensée que vous ayez faite ! mais il est normal qu'en plus vous accordiez à ceux qui ont si souvent combattu sur mer à vos côtés, ainsi que leurs pères, et appartiennent à la même lignée que vous, le pardon de cette unique faute s'ils le demandent. Allons, détendez votre colère, vous qui êtes doués d'une sagacité innée, et accueillons volontiers en tant que frères, égaux, et concitoyens, tous ceux qui combattraient sur mer avec nous » (v. 686-702).

Aristophane s'est vanté à plusieurs reprises de ne s'attaquer qu'aux meneurs en laissant les personnalités de second ordre à ses rivaux. Il ne s'est cependant pas privé de lancer mille pointes contre ses concitoyens plus ou moins obscurs, voire inconnus de nous, en s'en prenant aux dirigeants politiques de tout bord, aux bellicistes, aux profiteurs, aux lâches et aux représentants des idées nouvelles, Socrate et Euripide notamment, bien qu'il en ait été sans doute assez proche par certains côtés. Ces affinités discrètes entre le comique et les gens qu'il a raillés sur scène ont été résumées d'un mot par Cratinos : *euripidaristophaniser.*

La cible principale d'Aristophane, ce sont les sycophantes – véritable plaie d'Athènes – et les démagogues, car ce sont eux qui exercent un réel pouvoir à Athènes. L'Ancienne Comédie ne fait du reste guère de différence entre sycophantes, orateurs, politiciens et démagogues (les *meneurs du peuple* comme l'indique l'étymologie). Cléon, l'homme fort de l'époque, un des successeurs de Périclès, avait intenté à Aristophane, à la suite des *Babyloniens*, un procès dont on retrouve l'écho dans plusieurs passages des *Acharniens :* « Moi-même, avec ce que j'ai subi par la faute de Cléon pour ma comédie de l'an dernier, j'en sais quelque chose. Après m'avoir traîné dans la salle du Conseil, il me calomniait, il roulait des pelles de mensonges contre moi, il cycloborborygmait [verbe forgé par Aristophane d'après le Cyclobore, un torrent de l'Attique dont le nom signifie *tourbillon dévorant*], il me lavait la tête, à tel point que j'ai bien failli périr écrabouebouillé ! » (v. 377-382). Cléon semble vraiment être l'Abominable Homme d'Athènes, le Père Ubu de l'Antiquité. Aristophane s'acharnera sur ce démagogue jusqu'à la mort de celui-ci, et la cruauté du portrait montre qu'il s'agit d'un compte personnel à régler (Cléon était d'ailleurs du même dème que lui) et non d'une simple opposition politique. Dans *Les Cavaliers,* Aristophane le met en scène sous le masque de Paphlagon, un esclave qui, à force d'hypocrisie, a fini par devenir l'intendant de la maison de son maître Dèmos (Lepeuple) et peut ainsi exploiter le peuple athénien : « Tu boulottes les biens publics avant leur attribution ; tu épies les magistrats en fin de mandat, en les palpant comme des figues pour voir qui, parmi eux, est indigeste, mûr ou pas mûr, et tu épies de même les citoyens, pour voir qui est une brave bête riche, pas méchante, et qui craint les ennuis... et là, dès que tu en repères un plutôt niais, qui se tient à l'écart des affaires, tu le fais revenir de la Chersonèse tu lui fais une feinte, un croche-pied et alors là, une torsion d'épaule, et tu lui rentres dedans ! » (*Cavaliers*, v. 258-265). Le preux héros de la pièce est un Marchand de boudin, presque aussi crapuleux que Paphlagon, qui va l'affronter et le vaincre. On trouve des témoignages antiques affirmant que c'est Aristophane lui-même qui jouait Paphlagon. Si l'on songe au *Malade imaginaire* où Molière jouait Argan traînant dans la boue « ce misérable petit Monsieur Molière », cela n'est nullement impossible.

Un autre homme politique, Lamachos, va incarner les militaires belliqueux. Le cas de ce dernier montre bien qu'Aristophane ne se livre pas systématiquement à des attaques dictées par une animosité aveugle ou personnelle : Lamachos est, avec Euripide, le premier personnage réel à jouer sous son vrai nom un rôle important dans une comédie d'Aristophane – du moins d'après ce que nous savons des *Babyloniens* et des *Détaliens*. Par malheur pour lui, son nom signifiait *Bataillard*, et Aristophane n'a évidemment pas manqué d'en faire le représentant de la guerre et le prototype des Matamores et autres Capitans. Par un coup de chance pour Aristophane, il va devenir l'un des hommes politiques les plus importants de cette période. Dans *Les Acharniens*, il est montré comme lâche, cupide, imbu de lui-même, fanfaron, malhonnête et arriviste. Il semble en fait avoir été un officier brave et intègre, qui sera l'un des signataires de la paix de Nicias, en 415, et tombera l'année suivante au champ d'honneur en Sicile. Aristophane lui tressera alors des couronnes, allant jusqu'à le désigner comme un véritable héros digne de ceux d'Homère (*Grenouilles,* v. 1039).

Les intellectuels sont une autre cible de prédilection d'Aristophane, qui choisit de préférence parmi les personnalités athéniennes celles qui peuvent le mieux incarner aux yeux du public un courant particulier : Socrate pour la nouvelle éducation et les recherches scientifiques de « pointe », ou, pour l'Art moderne, Euripide – qui deviendra un personnage d'Aristophane à part entière, comme nous le verrons plus loin.

Chapitre IV

LES COMÉDIES D'ARISTOPHANE

Parmi les comédies d'Aristophane, il est possible d'en dater certaines avec assez de certitude (les œuvres conservées sont en caractères gras) :

427 : *Les Détaliens* (2e prix) – 426 : *Le Centaure* (?), *Les Babyloniens* (1er prix) – 425 : ***Les Acharniens*** (1er prix) – 424 : ***Les Cavaliers*** (1er prix), *Les Paysans* – 423 : *Les Cargos*, ***Les Nuées*** (1re version, 3e prix. C'est la seconde version des *Nuées*, révisée vers 417, que nous possédons, mais elle n'a sans doute pas été représentée) – 422 : *Le Proagôn* (1er prix), ***Les Guêpes*** (2e prix) – 421 : *Les Saisons*, ***La Paix*** (2e prix) – 414 : *Amphiaraos*, ***Les Oiseaux*** (2e prix) – 411 : ***Lysistrata, Les Thesmophorieuses*** – 405 : ***Les Grenouilles*** (1er prix) – 391 : ***Les Femmes à l'Assemblée*** – 388 : ***Ploutos*** – 387 / 386 : *Côcalos, Éolosikôn.*

Les autres titres que nous connaissons et dont nous possédons des fragments sont : *Aeolosikôn I*, *Anagyros*, *Les Campeuses*, *Les Cigognes*, *Dédale*, *Les Danaïdes*, *Gérytadès*, *Les Héros*, *Les Lemniennes*, *La Paix II*, *Ploutos I*, *Polyidos*, *Les Rôtisseurs*, *Les Telmessiens*, *Les Thesmophorieuses II*, *Triphalès*, *Les Phéniciennes*, *La Vieillesse*. L'authenticité de quatre autres comédies (*Les Iles*, *Le Naufrage* (de Dionysos), *Niobos, La Poésie*) est douteuse ; certains en attribuent la paternité à Archippos.

Il est peu vraisemblable que le texte d'Aristophane qui nous est parvenu soit une image fidèle de celui qui avait été joué à l'époque. Le manuscrit le plus ancien que nous possédons date du Xe siècle après J.-C., soit près de mille cinq cents ans après ces représentations. De plus, de nombreuses interpolations d'acteurs vinrent se greffer sur le texte, et dans les époques qui suivirent apparurent des « corrections » qui altérèrent les textes encore plus souvent qu'elles les amendèrent. Les parties chantées étaient notées comme de la prose. Aristophane de Byzance, le plus célèbre des critiques alexandrins, passe pour avoir établi la première *colométrie* de ces *côla (membres)* afin de rendre claire l'unité métrique de ces passages lyriques. Les principaux manuscrits se contentent généralement de marquer les changements de locuteurs par des *dicolons* (deux points) ou des *paragraphoi* (tirets) ; comme ils ne sont pas exempts de lacunes, tout le dialogue peut se trouver décalé si rien dans le texte ne donne des renseignements précis sur le locuteur ou le destinataire, d'autant plus qu'Aristophane, à l'instar des autres dramaturges anciens, ne semble d'ailleurs pas s'être soucié outre mesure de donner un nom à tous ses personnages.

On peut dire qu'il y eut trois étapes, correspondant aux époques alexandrine, romaine et byzantine. A l'époque alexandrine, un siècle après les représentations, la langue est déjà différente et les érudits, très éloignés de toutes les questions de la scène, s'intéressent surtout à la langue ou à la colométrie. La période romaine a principalement produit des manuels scolaires, dont les choix étaient fondés sur des critères rhétoriques. A l'époque byzantine, enfin, nous trouvons des commentaires compliqués qui portent la marque de la censure, conséquence de la lutte chrétienne contre la culture païenne. Il y a aussi des problèmes techniques de transmission : on passe au parchemin, puis à la translittération en minuscules ; c'est cette période qui va donner naissance à la tradition médiévale.

Les deux manuscrits les plus importants pour la transmission du texte d'Aristophane sont conservés en Italie : le Ravennas 429, du Xe siècle, à la Biblioteca Classense de Ravenne, et le Venetus inter Marcianos 474, du XIe siècle, à la Biblioteca Nazionale di San Marco de Venise. Ils semblent remonter à un même archétype du IXe siècle, lointain descendant de la série des travaux alexandrins. Le Ravennas est le seul manuscrit à contenir les onze pièces qui nous restent ; le Venetus en contient sept : *Ploutos*, *Nuées*, *Grenouilles*, *Cavaliers*, *Oiseaux*, *Paix*, *Guêpes*.

I. — La guerre du Péloponnèse

Les Détaliens. — La première pièce d'Aristophane, *Les Détaliens (Les Banqueteurs),* date de 427, c'est-à-dire quatre ans après le début de la guerre du Péloponnèse, deux ans après la mort de Périclès, l'année de la naissance de Platon et de la révolte de Mytilène, qui fut suivie d'une féroce répression menée par Cléon.

Aristophane n'avait pas encore l'âge de concourir et eut donc recours à un prête-nom (Callistratos ou Philonidès) qui en assura la mise en scène. Cette première comédie – qui obtint le deuxième prix, remarquable résultat pour un auteur débutant – est malheureusement perdue ; il nous en reste pourtant quelques fragments assez révélateurs. Dans la parabase des *Nuées* (v. 522), Aristophane indique que cette comédie est « la sœur » des *Détaliens*, et il nomme même deux des principaux personnages : le Fils Vertueux et le Fils Débauché. Le thème des deux pièces devait donc être semblable : une opposition entre l'éducation ancienne et la nouvelle. Le Fils Vertueux et leur vieux père, attachés aux valeurs morales de leurs ancêtres et amoureux de la vie rurale, représentaient l'éducation ancienne ; le Fils Débauché, un jeune citadin oisif, pur produit de la nouvelle éducation, incarnait tous les péchés de sa génération.

Dans la trentaine de fragments qui subsistent (et qui représentent une soixantaine de vers), la plupart semblent mettre aux prises le Père et le Fils indigne. Ce garçon, qui a reçu l'éducation des Sophistes, est vraiment « dans le vent », aussi bien par ses idées que par son apparence, « lisse comme une anguille, avec des boucles dorées ». Aristophane fustige les méfaits de l'éducation nouvelle qui, selon lui, conduisait doucement la Cité à l'effondrement des valeurs culturelles traditionnelles en donnant priorité à la rhétorique. Quand le père demande à son fils, comme plus tard Strepsiade dans *Les Nuées,* de lui chanter un de ses vieux airs favoris : « Prends [la branche de myrte], et chante-moi une chanson d'Alcée ou d'Anacréon. » (fragment 235), celui-ci lui chante un air choquant qui lui arrache ce cri du cœur : « Ô folie, ô impudence » (fragment 238). Même dans leurs disputes, le Fils débauché ne peut s'empêcher de recourir à la rhétorique.

Cette querelle des générations atteignait à un tel degré que le Fils débauché oubliait tout respect filial, mais au lieu de battre son père comme son successeur des *Nuées,* il le menaçait de le traîner en justice : « Je veux faire rame vers l'Amirauté pour prouver illico que tu es de naissance étrangère ! » (fragment 237).

Le fait que la première comédie d'Aristophane ait porté sur ce sujet, qu'il ait repris le thème quatre ans plus tard, et qu'après l'échec des *Nuées* il ait encore retouché sa pièce, montre l'importance qu'il attachait à la dénonciation des mœurs nouvelles de la jeunesse – dont il faisait lui-même partie à l'époque des *Détaliens* et même des deux *Nuées.*

Les Babyloniens. — Enhardi par le succès des *Détaliens,* Aristophane présenta aux Grandes Dionysies de 427 une autre pièce, *Les Babyloniens,* mise en scène par Callistratos et, sous le nom de celui-ci, il obtint le premier prix. Nous avons vu que le jeune auteur eut de sérieux ennuis en attaquant Cléon dans cette pièce. La scholie au vers 378 des *Acharniens* nous donne de précieux éclaircissements sur cette comédie : « *Les Babyloniens* qu'Aristophane produisit avant *Les Acharniens* [est] une pièce dans laquelle il vilipenda beaucoup de monde ; en effet, il y ridiculisa les magistrats élus ou tirés au sort, ainsi que Cléon, en présence des alliés ; il avait fait jouer sa pièce aux Grandes Dionysies, qui sont célébrées au printemps, et à l'occasion desquelles les alliés apportent leurs tributs ; c'est précisément à cause de cela que Cléon se mit en colère et l'accusa de diffamation contre l'État, prétendant qu'il avait fait cela avec l'intention d'insulter le peuple et le Conseil. Aussi porta-t-il contre lui une accusation de naissance étrangère et lui intenta-t-il un procès. »

Les rares fragments que nous possédons ne nous permettent malheureusement pas de reconstituer l'intrigue. Tout au plus peut-on dire que le chœur était composé d'esclaves orientaux marqués et travaillant dans un moulin, qui représentaient sans doute les cités alliées oppressées par Cléon, et que Dionysos était peut-être l'un des principaux personnages. Aux premiers vers des *Acharniens*, le héros désenchanté s'exclame : « Voyons voir, qu'ai-je donc eu comme plaisir qui vaille un enchantement ? Je sais ! ce qui a charmé mon tréfonds, c'est de voir ces cinq talents qu'on a fait vomir à Cléon. Quelle extase ! comme j'aime les Cavaliers pour cet exploit ! une bonne opération pour la Grèce ! ». Les Cavaliers auraient ainsi, dans *Les Babyloniens,* obligé Cléon à vomir l'argent qu'il avait englouti à la suite de tractations malhonnêtes, ou à leur restituer le montant d'une amende qui leur avait été imposée. Cela provoqua donc la colère du démagogue, d'autant plus qu'aux Grandes Dionysies, comme le souligne la scholie, le public comprenait de nombreux étrangers, parmi lesquels les ambassadeurs des cités alliées, ce qui explique la remarque d'Aristophane l'année suivante dans *Les*

Acharniens : « En tout cas Cléon ne pourra pas m'accuser, cette fois, de médire de la Cité devant des étrangers ! » (v. 502 sq.).

Les Acharniens. — *Les Acharniens*, première pièce conservée d'Aristophane, furent représentés aux Lénéennes de 425, et montés de nouveau par Callistratos. Aristophane n'avait qu'une vingtaine d'années et appréhendait encore les difficultés de la mise en scène, comme il l'expliquera dans *Les Cavaliers* (v. 542 sq.). Il n'est du reste pas impossible qu'Aristophane ait joué lui-même le Coryphée dans cette pièce. *Les Acharniens* remportèrent le premier prix, devant *Les Naufragés* de Cratinos et *Les Nouménies* d'Eupolis. Une autre pièce avait sans doute été présentée aux Lénéennes de 426, peut-être *Le Centaure*, mais nous ne savons rien de vraiment sûr à ce sujet.

La guerre durait depuis déjà six ans ; les ennemis occupaient et ravageaient le sol de l'Attique dont tous les habitants s'étaient réfugiés dans l'enceinte de la ville ; la peste (ou le typhus) avait décimé la cité. Périclès lui-même y avait succombé, mais sa stratégie continuait d'être appliquée : conserver la suprématie sur mer grâce à la domination de la flotte athénienne, et laisser les Spartiates envahir l'Attique pendant que ses habitants se réfugiaient à l'intérieur des remparts d'Athènes. C'est alors qu'Aristophane donna cette pièce « pacifiste » où il expliquait courageusement que les torts n'étaient pas seulement du côté des ennemis et qu'il était temps de signer une paix honorable. Un tel langage pouvait heurter les spectateurs, dont beaucoup avaient vu leurs parents périr ou leurs vignes dévastées et c'est ce qui explique les précautions oratoires de la première partie de la pièce et la nature du chœur de la comédie. Le dème rural d'Acharnes, proche d'Athènes, avait été occupé par les Spartiates dès la première année de la guerre, et les Acharniens, des charbonniers pour la plupart qui, voyant leurs maisons ravagées, brûlaient de se venger. Ce sont pourtant de braves gens qui diffèrent en fin de compte assez peu du héros de la comédie, Dicéopolis *(le Juste de la Cité),* un vieux paysan de l'Attique, excepté par cet aveuglement dû à la haine de l'ennemi spartiate qui a dévasté leur dème. Si Dicéopolis parvenait à convaincre de faire la paix un chœur composé de tels partisans d'une guerre à outrance, il persuaderait du même coup le public.

L'action des *Acharniens* ne s'engage pas dès les premiers vers. Le *prologue* (v. 1-203) est constitué par un monologue d'exposition de Dicéopolis qui s'adresse au public en décrivant les malheurs d'Athènes dus à la guerre, et annonce son intention de participer à l'Assemblée pour ramener tous les débats sur la paix. Au début de la comédie, Dicéopolis n'est qu'un Athénien anonyme, mais un citoyen selon le cœur d'Aristophane : respectueux des lois, des coutumes de la Cité et des valeurs traditionnelles ; il déteste les démagogues – et en particulier Cléon –, les magistrats corrompus, et surtout, il aspire profondément à la paix. C'est la violence de la guerre qui l'incite à se rendre à l'Assemblée pour exiger que la question de la paix soit débattue : les soucis lui rongent le cœur, dit-il, plus que la lessive des bains publics lui a jamais rongé les sourcils. L'Assemblée commence enfin, avec un retard qui justifie la mauvaise opinion qu'il a du civisme athénien et un défilé d'imposteurs, d'ambassadeurs grassement payés, de profiteurs et de « planqués ». Plus perspicace que les officiels, toujours prêts à se laisser berner, il dévoile ces supercheries, mais sans succès. Il se contente alors d'assister au déroulement de l'Assemblée en simple spectateur, ce qui accentue d'ailleurs les liens qu'Aristophane tente d'établir entre le public et son héros. Arrive alors un personnage bizarre, Amphithéos *(semi-dieu),* qui prétend avoir le pouvoir de sceller la paix entre les belligérants. Néanmoins, l'Assemblée, indifférente, expulse Amphithéos malgré l'intervention du héros, injuste action de violence légale. l'Assemblée se poursuit avec l'entrée des Ambassadeurs auprès du Grand-Roi. Cette scène comporte un rebondissement, l'apparition grotesque de l'Œil du Roi de Perse. Dicéopolis, se rendant alors compte qu'il n'a rien à espérer des Athéniens qui gobent tout ce qu'on veut leur faire croire, prend tout à coup une grande décision et demande à Amphithéos de lui apporter une paix privée avec les Lacédémoniens. Le vieux paysan saisit la chance que lui offre le destin, inaugurant ainsi la lignée de ces héros aristophaniens dont l'idée de départ était limitée et raisonnable, mais qui savent profiter du moment fugace où un pari splendide passe à leur portée pour transcender leur propre personne et le monde qui les entoure. L'idée de Dicéopolis est fondée sur un raisonnement syllogistique : la cité d'Athènes ne veut pas faire la paix avec Sparte ; or, moi, Dicéopolis, je désire ardemment cette paix ; donc, moi Dicéopolis, je ferai cette paix sans la Cité !

Dicéopolis donne alors quelques drachmes à Amphithéos qui part lui chercher sa paix privée. Pendant ce temps, survient un autre ambassadeur, Théoros, envoyé auprès de la cour de Sitalcès, qui gruge les Athéniens à l'instar de tous ses collègues ; il provoque lui aussi un rebondissement avec l'arrivée du bataillon des Odomantes, brutes mercenaires qui font une razzia sur l'aïoli du héros, injuste action de violence gratuite. Cette scène confirme le bien-fondé de la décision de Dicéopolis et sert de plus à meubler le temps nécessaire à l'aller et retour d'Amphithéos. Celui-ci revient peu après en courant, muni de trois trêves, trois fioles de paix métaphoriquement dramatisées sous forme de vins. Il ne s'agit pas d'*échantillons*, de *spécimens*, comme on le traduit habituellement, mais de *cuvées*, de *saveurs*, de *bouquets* différents. Une bonne trêve, comme un bon vin, un « vin de garde », se bonifiera au cours des années : ainsi, plus les trêves vieillissent, meilleures elles sont. Ce sont donc trois cuvées de trêves qu'apporte Amphithéos pour que Dicéopolis puisse les « taster » et faire son choix : elles pourront se conserver respectivement cinq, dix et trente ans, avant d'être « passées », « éventées ». Les deux premières cuvées ont un défaut d'acidité qui leur donne un bouquet désagréable : la trêve de cinq ans, la plus « courte » sent le goudron des arsenaux, comme le vin nouveau sent encore la résine de la jarre où il fermente ; la deuxième, de dix ans, a aussi des défauts rédhibitoires : elle a une saveur *très pointue, très piquante* : elle pique le nez comme elle pourra transpercer les corps dès qu'elle prendra fin. Ce n'est qu'avec une cuvée exceptionnelle, la trêve de trente ans, que Dicéopolis sentira enfin le bouquet parfait et c'est seulement alors qu'il la goûtera et décrira ses qualités de bouche. Amphithéos s'enfuit après avoir annoncé l'arrivée du chœur des Acharniens lancés à sa poursuite.

Nous assistons alors aux préparatifs de la procession familiale de Dicéopolis pour les Dionysies champêtres qu'il va pouvoir de nouveau célébrer. Cette scène, durant la première partie de laquelle les Acharniens resteront cachés, sert à bien montrer que Dicéopolis a d'ores et déjà commencé de vivre sa paix, mais l'intervention des Acharniens indique que la Cité n'est pas prête à admettre d'emblée cette paix individuelle. C'est alors la *parodos*, l'entrée du chœur. Quand les Acharniens l'attaque, le vieux paysan tente d'abord de s'expliquer, mais comme ceux-ci ne veulent rien entendre, il prend un sac de charbon en otage, et une longue parodie du *Télèphe* d'Euripide commence alors. Cette tragédie perdue avait été représentée treize ans auparavant, et va fournir à Aristophane toute la parodie de la scène de bataille avec les Acharniens, la rencontre avec Euripide et le plaidoyer de Dicéopolis. Le *Télèphe* racontait l'histoire d'un roi de

Mysie, qui avait été blessé à la cuisse par la lance d'Achille, lors d'une première tentative des Grecs contre Troie. Au bout de huit ans, Télèphe alla consulter l'oracle d'Apollon car cette blessure ne cicatrisait pas, et apprit qu'il ne pourrait être guéri que par cette même lance. Déguisé en mendiant, il se rendit alors à Aulis, où était réunie la flotte grecque. Il prit le petit Oreste comme otage, put ainsi plaider sa cause devant ses ennemis et obtint sa guérison. Euripide, lui, était âgé de cinquante-cinq ans environ, et représentait aux yeux d'Aristophane la « nouvelle Tragédie », l'invasion de la sophistique et du réalisme sur la scène. Aristophane ne cesse de le railler et l'introduit souvent dans ses comédies (*Les Acharniens*, *Le Proagôn, Les Thesmophorieuses*, *Les Grenouilles,* sans préjuger des comédies perdues où étaient parodiées ses tragédies). Dans *Les Acharniens*, Aristophane raille ainsi son langage affecté, ses méthodes de travail, ses manies de mise en scène (l'*eccyclème*), et le choix de rois boiteux ou mendiants comme héros.

Dicéopolis va donc affronter Euripide sur son propre terrain des subtilités rhétoriques, et le dépouiller de ses vêtements en même temps que de sa tragédie. Ainsi équipé en mendiant boiteux, le héros va prononcer son plaidoyer la tête sur le billot – au sens propre de l'expression. Dicéopolis s'adresse d'abord directement au public : « Ne m'en veuillez pas, Messieurs les spectateurs » (v. 497), puis il se jette à l'eau : « Or, je vais dire, moi, des choses terribles mais justes » (v. 501), tout en affirmant qu'on ne peut l'accuser d'être un traître : « Moi aussi, je déteste les Lacédémoniens, et farouchement ! » (v. 509).

Le chœur et le public étant ainsi rassurés sur ses véritables sentiments, Dicéopolis expose alors sa théorie politicoburlesque sur les causes « véritables » de la guerre, les responsabilités respectives des Athéniens et des Spartiates. Un demi-chœur, convaincu, bascule du côté de Dicéopolis ; l'autre demi-chœur va alors faire appel à son propre champion, le « prestigieux » guerrier Lamachos, en espérant que ce dernier saura mettre au pas ce vieillard pacifiste. Nous avons vu les raisons pour lesquelles Aristophane avait fait de Lamachos un bravache, une baudruche que Dicéopolis n'aura aucun mal à ridiculiser. Le héros emporte finalement l'adhésion de tous les choreutes, non en plaidant pour la paix, mais en montrant qu'ils sont trompés par les démagogues et qu'aucun d'entre eux n'a pu obtenir une charge fructueuse ou tranquille depuis le début de cette guerre. Les Acharniens acceptent alors de laisser Dicéopolis agir comme il l'entend. Cette première partie de la comédie se termine ainsi par l'annonce très précise du marché de Dicéopolis, qui invite tous les Péloponnésiens Mégariens et Béotiens, à venir commercer avec lui, mais prévient qu'il repoussera Lamachos (v. 623-625).

Le vieux paysan va ainsi acquérir une sorte « d'immunité diplomatique », que seuls deux sycophantes viendront contester par habitude professionnelle. Dicéopolis devient alors le centre de l'action de la comédie : à partir du moment où sa paix sera signée puis acceptée par les Acharniens, donc par la Cité, il voit tous les personnages venir à lui, commercer avec lui ou chercher à partager sa trêve. Après la parabase, il va proclamer l'ouverture de son marché privé, et montrer qu'il peut de nouveau vivre sans rien débourser. Cela sera développé principalement dans deux scènes parallèles, l'une avec un Mégarien pauvre, l'autre avec un Thébain opulent.

La misère réduit ce malheureux Mégarien à vendre ses deux petites filles pour un peu de nourriture. C'est une situation tragique, mais elle est traitée sur le mode comique puisque leur père les déguise en cochonnettes (le mot grec signifie à la fois *petite truie* et *sexe d'une jeune fille impubère*). Dicéopolis compatit à son malheur, mais se contente de lui payer ses deux « cochonnettes » une simple botte d'ail et une mesure de sel. Ces deux petites filles seront utilisées, quand elles auront grandi, pour les sacrifices à Aphrodite du vieil Athénien, puisque celui-ci retrouve malgré son âge, comme tout héros aristophanien qui se respecte, une nouvelle vigueur sexuelle.

Quant au riche Thébain, moins touché par la guerre, il arrive chargé de denrées succulentes, mais il ne sait pas très bien que demander à Dicéopolis en échange de ses marchandises. Ce dernier va faire une affaire encore meilleure puisqu'il échange tous les produits coûteux du Thébain contre le sycophante Nicarchos : non seulement il ne débourse rien, mais encore il se débarrasse d'un gêneur. Une estafette de Lamachos vient ensuite demander à Dicéopolis de vendre une de ses anguilles à son officier, mais le héros le renvoie sur un refus ; l'ombre de Lamachos se profile ainsi, et sa présence dans les scènes finales ne surprendra pas. Après la parabase secondaire (v. 971-999), on constate, dans une nouvelle série de scènes parallèles, que bien loin de chercher à priver Dicéopolis de sa paix privée, la Cité va tenter de participer à cette nouvelle prospérité. C'est d'abord un Laboureur qui survient, poussé par le désir de retrouver sa paire de bœufs, puis un Garçon de noces envoyé par un jeune marié pour demander quelques gouttes de paix afin de ne pas partir à la guerre pendant sa lune de miel. Ils sont tous deux chassés avec mépris. Cette étrange demande du marié est elle-même doublée par la même requête, mais formulée par la jeune mariée qui envoie sa dame d'honneur demander la même chose à Dicéopolis ; celui-ci consent à céder un peu de sa paix à la jeune femme, « car c'est une femme, et elle n'est pas responsable de la guerre » (v. 1062). Il est dès lors établi que Dicéopolis pourra profiter de sa trêve, mais aussi qu'il refuse de partager avec la Cité. Avec tous les autres, Dicéopolis se montrera intransigeant, refusant les cajoleries aussi bien que les cadeaux : il veut que l'on sache que la trêve est à lui tout seul, comme le comprend bien le chœur : « Cet homme a trouvé grâce à sa trêve bien de la douceur, et il ne semble vouloir partager avec personne ! » (v. 1037-1039).

La comédie va se terminer sur une nouvelle opposition entre le bonheur de la paix, incarné par Dicéopolis, et les malheurs de la guerre, qui seront le lot de Lamachos. Cette antinomie sera développée dans une scène à parallélisme interne, souvent stichomythique, entre les deux personnages. Ce départ en campagne de Lamachos provoque une nouvelle péripétie avec son retour extrêmement rapide, burlesquement blessé, qui parachèvera sa défaite et servira à rendre encore plus éclatante la victoire de Dicéopolis au concours des Conges, et la position privilégiée qu'il occupe maintenant dans la Cité.

La conduite de Dicéopolis dans la seconde partie de la pièce est donc plus trouble, et suscite moins la sympathie. C'est qu'Aristophane ne cherche pas à faire de Dicéopolis une figure de salut public : celui-ci n'aspire qu'à sa propre sauvegarde et à son bien-être retrouvé, et il ne pourra les préserver que par un individualisme sans appel. Néanmoins, suggère Aristophane, si chacun imitait son héros et concluait sa propre paix, celle-ci deviendrait générale et la Cité serait sauvée.

Les Cavaliers. — L'année précédente, le stratège athénien Démosthène (il ne s'agit pas du célèbre orateur, qui vécut au siècle suivant) s'était emparé de Pylos, ville maritime de la Messénie, et avait bloqué dans l'îlot de Sphactérie tout proche plus de quatre cents guerriers Spartiates dont beaucoup de haute naissance, mais Démosthène fut à son tour assiégé par les Lacédémoniens. Ceux-ci envoyèrent alors à Athènes une ambassade pour négocier la paix, mais Cléon fit poser de telles conditions que celle-ci échoua et le double blocus continua. Nicias, qui commandait avec Démosthène, alla demander des renforts à Athènes. Cléon s'emporta contre l'incapacité des généraux et déclara même qu'il était capable de se rendre maître de Pylos en quelques semaines. Nicias se démit de son commandement en sa faveur. Investi des pleins pouvoirs – par dérision assure Thucydide – Cléon débarqua à Pylos, et eut la chance de trouver à son arrivée l'affaire en si bonne voie qu'il obtint sans effort la soumission de Sphactérie. Il revint aussitôt à Athènes, avec trois cents prisonniers spartiates, ce que l'on n'avait jamais vu.

C'est donc au moment où Cléon était au sommet de sa popularité – d'autant plus qu'il avait fixé le jeton de présence des jurés à trois oboles – et connaissait l'honneur exceptionnel d'être nourri au Prytanée et de s'asseoir au premier rang du théâtre, qu'Aristophane eut l'audace de donner l'assaut à sa puissance, en l'attaquant sous toutes ses faces : démagogue, stratège, homme privé – nous avons vu plus haut en quels termes ! Le peuple athénien s'amusa beaucoup de cette charge et accorda le premier prix au jeune poète... tout en continuant à élire Cléon.

Nous avons des renseignements précis sur la représentation des *Cavaliers ;* un Argument (résumé ancien que l'on trouve parfois dans les manuscrits) indique : « *Les Cavaliers* furent représentés sous l'archontat de Stratoclès [424] aux Lénéennes par Aristophane lui-même. Il eut le premier prix. Cratinos obtint la deuxième place avec ses *Satyres*, et Aristomène la troisième avec ses *Porteurs de bois.* »

Les Cavaliers sont donc la première comédie qu'Aristophane fit représenter dans sa propre mise en scène. Il faut dire qu'elle devait être relativement simple puisque, en dehors du chœur des Cavaliers, il n'y a que cinq personnages dans cette comédie : Dèmos de la Pnyx, le maître, qui, comme son nom l'indique, représente le peuple athénien, le Marchand de boudin, et trois esclaves de Dèmos, qui, eux, sont les meneurs de la politique athénienne du jour (le Premier Serviteur est le stratège Démosthène, le Second Serviteur, le prudent Nicias, et Paphlagon, sorte d'esclave-intendant, Cléon). Le seul personnage qui ne représente rien ni personne au départ est le Marchand de boudin, inventé pour les besoins de la cause comme la composition formidable et négative d'un « super-Cléon ». Constatant que les démagogues deviennent de plus en plus néfastes, Aristophane ne répond pas comme Eupolis dans *Les Dèmes :* « Faisons donc revivre le bon vieux temps sous la forme d'un ou deux grands hommes ! » ; il préfère, avec sa perversité coutumière, répliquer : « Trouvons donc le pire d'entre eux ! ». Il élabore alors, dans la scène d'exposition entre les deux esclaves, un sorite (polysyllogisme) aberrant : la ruine de la Cité est causée par les démagogues ; les démagogues sont de plus en plus nuisibles ; le pire d'entre eux marquera la fin de cette succession ; le pire des démagogues mettra fin à la ruine de la Cité.

Cette proposition marque un de ces sauts dans le noir qui semble écarter toute solution optimiste, mais la conclusion ne sera pourtant pas pessimiste puisque la victoire du Marchand de boudin sera finalement l'aube d'une ère nouvelle. Toute la comédie n'est en fait qu'une grande métonymie où le domaine du « pararéel » que nous voyons sur scène (la maison de Dèmos) correspond au domaine réel (ville-État) qui reste à l'arrière-plan. Dèmos apparaît sous trois variantes : simple paysan de l'Attique, symbole du Peuple athénien, ou même mélange des deux. De même, la maison de Dèmos sera tantôt la demeure d'un simple particulier, tantôt le symbole de la politique athénienne, si bien que Paphlagon, lui, cet esclave-tanneur fourbe et diabolique qui égare son maître par ses flatteries, représentera l'intendant de cette maison aussi bien que Cléon, le seul maître de la politique athénienne. Paphlagon est un nom générique (la Paphlagonie est un pays situé au nord de l'Asie Mineure), qui a l'avantage d'évoquer le verbe *paphla-*

zeîn, bouillonner (cf. v. 919), qui correspond bien à la brutalité de Cléon, « le plus violent de tous les citoyens d'Athènes », comme le confirme Thucydide (3, 36). Paphlagon-Cléon n'a guère de valeur historique : il ne s'agit pas ici d'un portrait ou même d'une caricature, mais d'une charge d'une violence inouïe, de l'image monstrueuse de l'archétype titanesque du Démagogue.

La structure de cette comédie est très particulière car, en dehors de l'exposition et du finale, elle n'est constituée que par une série d'affrontements entre Paphlagon et son rival, qui durent plus de mille vers. Les deux esclaves jouent un rôle important dans le prologue mais ne vont guère au-delà de l'attitude habituelle des esclaves anonymes. Le Second Serviteur (Nicias) disparaîtra d'ailleurs à la fin de ce prologue. L'absence de personnages secondaires contribue aussi à rendre les choses particulièrement claires : c'est la seule pièce d'Aristophane où un personnage fait l'unanimité contre lui de bout en bout, et où tout revient à un vaste rapport d'alliance entre le chœur et le héros contre un seul homme. Le seul rapport d'alliance entre ce personnage haï, Paphlagon-Cléon, et un autre des protagonistes, Dèmos, ne durera guère, car ce dernier prendra rapidement une position d'arbitre qui l'amènera finalement au renvoi de son ancien favori.

La comédie débute par une scène de farce mégarienne : deux esclaves sortent de la maison de Dèmos en se frottant les côtes à cause de la rossée que vient de leur infliger Paphlagon. C'est donc sa violence qui incite les deux esclaves du prologue à lui chercher un remplaçant. Pour oublier leurs malheurs, ils décident de s'enivrer, mais le vin inspire à Démosthène de voler les oracles de Paphlagon. Cela fait, ils réalisent que ceux-ci prédisent qu'Athènes est destinée à être gouvernée par des marchands, chacun étant pire que son prédécesseur. Il y a eu d'abord un marchand d'étoupes (Eucratès), puis un marchand de moutons (Lysiclès) et enfin un marchand de cuirs (Cléon). Le dernier, et le pire, doit être un marchand de boudin. Voici justement que survient fort à propos un jeune marchand de boudin, qui ne comprend pas très bien pourquoi ces deux hommes lui font fête en lui promettant pouvoir et fortune. Nicias, toujours prudent, va faire le guet pendant que Démosthène explique au Marchand de boudin le destin qui l'attend. On voit vite que ce personnage illettré, canaille et perverti représente la lie du peuple athénien, mais c'est précisément le postulat de la pièce qui est ainsi souligné : Paphlagon-Cléon n'est qu'un gueux, et seul un « super-gueux » pourra triompher de lui. La comédie va reposer sur une inversion systématique des valeurs courantes : tout ce qui est considéré comme vertu deviendra vice, tout ce qui est vice se changera en vertu. Le Marchand de boudin, qui n'a rien de bon à se reprocher, est bien l'homme de la situation. Son inexpérience n'est qu'apparente car faire du boudin ou de la politique, c'est la même chose : « C'est un travail de rien du tout ! Continue à faire exactement ce que tu fais : touille, tripatouille pêle-mêle toutes les affaires, et pour mettre de ton côté le populard, adoucis-le sans cesse grâce à de bonnes petites recettes de cuisine » (v. 213-216).

Démosthène lui ayant promis l'aide des Cavaliers et des bons citoyens, le Marchand de boudin semble presque convaincu mais Paphlagon arrive, et le pauvre Marchand de boudin se sauve, terrifié par cette apparition effrayante. Le chœur entre alors immédiatement en scène en ordre de bataille, comme promis, et le premier affrontement général commence aussitôt. Ce chœur des *Cavaliers*, le jeune corps d'élite de l'armée athénienne, est le seul, dans les pièces conservées d'Aristophane, à être composé de jeunes gens : c'est ainsi la jeunesse (dont fait aussi partie le poète) qui est ici porteuse d'espoir, et non les gens âgés et expérimentés comme dans la plupart des autres comédies. Les Cavaliers et Cléon avaient déjà été rapprochés deux fois dans *Les Acharniens.* Dans son monologue d'ouverture Dicéopolis s'exclamait : « Ce qui a charmé mon tréfonds, c'est de voir ces cinq talents qu'on a fait vomir à Cléon. Quelle extase ! comme j'aime les Cavaliers pour cet exploit ! une bonne opération pour la Grèce ! » (v. 5-8). Un peu plus loin, le chœur s'écriait : « Car je te hais encore plus que Cléon... celui-là un jour je le taillerai en lanières pour en faire des semelles aux Cavaliers ! » (v. 299 sq.). On peut donc penser qu'Aristophane avait déjà cette comédie en chantier. Ce n'était du reste pas la première fois que les Cavaliers faisaient l'objet d'un chœur comique, et donc qu'une ou plusieurs comédies avaient déjà vraisemblablement porté ce titre. Le choix d'un tel chœur était de toute façon assez logique, puisque les Cavaliers étaient souvent des aristocrates admirateurs de Sparte, donc opposés au régime démocratique et à la guerre contre les Lacédémoniens, bien que leur patriotisme ait été irréprochable et leur conduite au combat souvent glorieuse. Apprécièrent-ils vraiment, d'ailleurs, d'être représentés soutenant un crapuleux Marchand de boudin auquel ils ne cessent de décerner des louanges outrées ? Quoi qu'il en soit, de la parodos à l'exodos, les Cavaliers apporteront un soutien inconditionnel au Marchand de boudin, jusqu'à sa victoire contre Paphlagon.

Paphlagon décide à ce moment-là de porter l'affaire devant le Conseil, qui siège durant la parabase, et tout de suite après celle-ci, le Marchand de boudin revient, triomphant, raconter au chœur et à l'esclave sa victoire devant la Boulè. Après une nouvelle altercation, qui laisse à égalité les deux antagonistes, ceux-ci décident de s'en remettre au jugement de Dèmos, comme bien plus tard, dans *Les Grenouilles,* Eschyle et Euripide à celui de Dionysos. Ils s'affrontent alors dans une série de trois épreuves : flagornerie, oracles et joute culinaire. La première épreuve voit la victoire du Marchand de boudin, et Dèmos reprend à Paphlagon son cachet, marque de sa confiance, pour le donner à son rival ; dans le concours d'oracles, le Marchand de boudin triomphe encore, de même que dans la troisième épreuve, qui consiste à fournir de bons morceaux à Dèmos. Paphlagon est enfin définitivement terrassé par la révélation d'un dernier oracle qui prouve que c'est bien le Marchand de boudin qui devait le supplanter. Celui-ci devient alors l'intendant de Dèmos, et provoque une péripétie : la régénération miraculeuse de Dèmos. Si le Marchand de boudin change ainsi de caractère, d'une façon que l'on pourrait estimer illogique, c'est sans doute parce qu'il a subi une véritable initiation – le combat avec un monstre – qui fait de lui un preux héros, et il peut alors seulement révéler son nom, Agoracrite *(qui domine l'Agora)*. Dèmos décide de prendre une série de bonnes résolutions, et accueille la Trêve que lui présente Agoracrite. Une dernière apparition de Paphlagon montre celui-ci exposé au mépris public, ce qui parachève l'unité d'action : comme dans une pièce de l'âge classique français, nous connaissons le destin de tous les personnages qui sont apparus en scène. Du prologue à l'exodos, l'action se déroule donc sans solution de continuité, avec une tension constante. Elle est renforcée par une série d'images, comme c'était le cas dans *Les Acharniens* (le vin, le charbon, les plumes et le sexe), mais ici, il s'agit presque d'une métaphore dominante, celle de la cuisine, qui envahit toute la comédie.

Les Nuées. — Aux Grandes Dionysies de 424, Euripide avait présenté *Hécube,* Aristophane *Les Paysans*, et Eupolis raillé à son tour Cléon dans sa comédie *La Race d'Or*. Les Béotiens avaient infligé une défaite aux Athéniens à Délion, bataille à laquelle prit part Socrate. L'année suivante, en 423, Aristophane présenta une comédie aux Lénéennes (peut-être *Les Cargos*) et Eupolis *Les Chèvres*. Les Grandes Dionysies virent Cratinos obtenir sa dernière victoire avec *La Bonbonne* ; Ameipsias fut deuxième avec *Connos*, et Aristophane seulement troisième avec ses *Nuées*, à son grand dam. Euripide y présenta peut-être ses *Suppliantes*.

En fait, c'est une seconde version des *Nuées* que nous possédons, qu'Aristophane révisa vers 417, car il considérait cette comédie comme la plus habile de celles qu'il avait écrites (v. 522), mais nous ignorons en quoi elle différait exactement de la première version, et même si cette révision de la pièce fut réellement jouée. Les Arguments anciens se contredisent. L'Argument I dit : « Cette pièce est la même que la première, mais des parties ont été remaniées, comme si le poète avait eu l'intention de la redonner, mais ne l'avait pas fait, on ne sait pourquoi », alors que l'Argument II affirme que « *Les secondes Nuées* [furent représentées] *sous l'archontat d'Ameinias* », c'est-à-dire en 422.

Ce n'est pourtant pas pour ce problème que *Les Nuées* sont la comédie d'Aristophane qui a été le plus étudiée, de l'Antiquité jusqu'à nos jours, par les critiques et les philosophes, mais pour le rôle qu'y joue Socrate. Nous ne saurons jamais qui, du Socrate comique ou du Socrate des Philosophes, était le plus proche du vrai Socrate, ni si Aristophane le considérait comme un véritable danger pour la Cité, ou au contraire s'il n'était qu'un prétexte pour dépeindre les Sophistes dans un portrait qui dissimulerait une certaine admiration, voire affection, pour l'individu. Il est en effet manifeste qu'Aristophane était étroitement mêlé à la vie culturelle et artistique de son époque, et il est certain qu'il connaissait bien Socrate, même s'il ne suivait pas son enseignement. Aristophane devait trouver quelqu'un qui représentât pour le public la nouvelle rhétorique de l'époque. Parmi les Sophistes que nous considérons maintenant comme tels, les plus réputés étaient des étrangers, comme Gorgias, et n'étaient pas familiers aux spectateurs, puisqu'ils exerçaient devant un auditoire trié sur le volet, dans la maison du riche Callias par exemple. Ce n'étaient donc pas des personnes que l'on pouvait rencontrer ordinairement dans la ville, alors que les Athéniens croisaient fréquemment Socrate, ou l'avaient connu au cours des campagnes militaires ; ils étaient familiarisés avec son physique particulier, et sa conduite « anormale » : il n'avait pas les mêmes manières ni les mêmes besoins que ses concitoyens, et pour des gens qui n'étaient pas rompus aux arcanes de la philosophie, il y avait évidemment peu de différences entre Socrate et les Sophistes. De plus, Socrate avait dans les quarante-cinq ans à l'époque (et Platon dans les cinq ou six ans), bien loin du noble vieillard condamné à mort en 399, dont les pensées et la méthode avaient pris entre-temps une extension considérable : ni Aristophane ni son public ne pouvaient donc prévoir le destin qui l'attendait. On peut par conséquent estimer que le Socrate des *Nuées* est une sorte d'hybride qui présente certaines particularités propres à Socrate, auxquelles s'ajoutent des éléments qui se rapportent en fait aux gens qu'il représente en tant que cristallisation des Sophistes de l'époque. C'est en fait, une nouvelle fois, la critique des mœurs nouvelles de la jeunesse qui intéressait Aristophane, beaucoup plus que la personne même de Socrate.

L'importance accordée au personnage du philosophe mène ainsi souvent à un véritable contresens sur la signification de la pièce, quand on fait de Socrate le sujet de la comédie, alors que le personnage principal en est de toute évidence Strepsiade, un vieux paysan athénien. Son nom évoque le verbe *strephein*, *tourner*, qui montre bien sa propension à s'agiter et à se retourner, au propre comme au figuré ; il n'est pas pauvre, comme ceux que l'on rencontre habituellement dans le théâtre d'Aristophane, et il a même épousé une nièce de Mégaclès, un riche aristocrate. C'est ce mariage qui est la cause de ses problèmes, car il est allé vivre à la ville avec cette femme dépensière et coquette. Leur fils,

Phidippide, a choisi le milieu maternel, noble et même « snob », et s'est mis à imiter le genre de vie de la jeunesse dorée d'Athènes, ne pensant qu'à ses chevaux et à ses amis, les Cavaliers. Pour mener ce grand train de vie, Strepsiade a dû emprunter des sommes importantes à des amis (et non à des usuriers) qui les lui ont prêtées, spontanément semble-t-il, sachant qu'il était parfaitement solvable. Strepsiade semble être un brave homme, un père aimant mais faible, initialement imprégné des valeurs morales propres aux hommes de la campagne chez Aristophane, mais il a un défaut : il est avare (il présente d'ailleurs de nombreux traits de caractère communs avec l'Harpagon de Molière). C'est sa ladrerie qui le pousse à chercher à échapper à ses dettes, plutôt qu'une réelle impossibilité de les rembourser, qui serait une sorte de justification (le héros des *Oiseaux* quittera Athènes en partie pour cette raison, et il n'en sera pas pour autant condamné par Aristophane). Le sorite de départ des *Nuées* est un raisonnement qui n'est pas saugrenu, mais au contraire parfaitement logique, comme il se doit dans une comédie consacrée aux Sophistes : les dettes m'accablent, moi Strepsiade, à cause de mon fils ; le Raisonnement Vicieux permet de ne pas payer ses dettes ; les Sophistes connaissent le Raisonnement Vicieux ; moi, Strepsiade, je dois transformer mon fils en Sophiste.

Le premier refus de Phidippide obligera Strepsiade à modifier son plan et à tenter de devenir lui-même un Sophiste, mais son échec personnel le ramènera à sa première conclusion. C'est la réalisation de cette conclusion qui supportera la fantaisie de la comédie et permettra le mélange des deux plans. Ce que nous voyons sur scène est vraiment fantastique avec les incarnations des *Nuées* et des deux Raisonnements, et la façon dont sont dramatiquement traités Socrate, son école (le Réflectoire) et ses disciples.

Strepsiade a donc l'idée, au début de la comédie, d'envoyer son fils apprendre auprès de Socrate un certain Raisonnement vicieux qui permet de gagner toutes les causes, même mauvaises. Phidippide est un jeune homme un peu vain, léger, superficiel et égoïste (puisque ce sont ses caprices qui causent tant de soucis à son père), mais il semble à ce stade plus proche de la jeunesse athénienne vertueuse des *Cavaliers*, chère à Aristophane, que du Débauché des *Détaliens*. Il n'a plus les vertus de la campagne, mais il n'a pas encore les vices de la ville. Cependant, il n'a que mépris pour Socrate et ses disciples, qui ne voient jamais le soleil, et refuse d'obéir. Devant ce refus, son père décide alors de se présenter lui-même au Réflectoire, et nous retrouvons l'inversion des valeurs courantes : c'est le père qui va à l'école. L'entrée de Strepsiade au Réflectoire est précédée d'une scène préliminaire avec un Disciple qui va présenter l'école de Socrate au vieillard, et lui donner des exemples du génie de son maître et de ses méthodes pour étudier la longueur des sauts d'une puce ou savoir si les moustiques bourdonnent par la trompe ou par le derrière ! Il s'agit donc d'étudier l'infiniment petit (pour l'époque), mais le Disciple parlera aussi des autres champs de recherche de Socrate : observations pratiques des éléments de la nature, géométrie, géographie, météorologie, astronomie. Ce sont là les sujets d'étude habituels des Sophistes qui recherchaient souvent l'élément primordial qui menait le monde (eau, feu, atome ou autre selon les écoles) et en arrivaient donc plus ou moins à douter des dieux traditionnels. Ce Disciple, de même que ceux qui sortiront par la suite, correspond bien à ce que Phidippide craignait de devenir : ils sont pensionnaires, presque prisonniers, efflanqués, pâles, sales, pieds nus, pleins de vermine, pauvres et en haillons. Ils sont aussi différents du jeune Phidippide, sain et sportif, que du vieillard prospère et matérialiste qu'est Strepsiade.

Socrate apparaît enfin, juché sur la *mèchanè* transformée en claie à fromages. Cette entrée quasi divine, qui s'ajoute à tout ce qu'il vient de voir et d'entendre, plonge Strepsiade dans l'admiration la plus totale : il décide de se livrer à Socrate, qui l'admet volontiers et commence tout de suite les premières leçons. La longue parodie de l'enseignement socratique et sophistique va commencer, mêlant l'extravagance du maître et la bouffonnerie de l'élève. Il sera clair, tout au long de la comédie, que l'enseignement de Socrate correspond à une initiation aux mystères de la Rhétorique, voire une parodie d'initiation aux Mystères d'Éleusis (qui se tenaient en septembre en l'honneur de Dèmèter et Perséphone). Il ne faut pourtant en aucun cas penser qu'Aristophane parodie ces Mystères, les plus sacrés pour les Grecs : il ne se moque pas de la religion, mais de Socrate qui est considéré un peu comme le gourou d'une secte. Socrate va alors convoquer les Nuées, dont le chœur va apparaître dans une parodos majestueuse et solennelle. On les entend avant de les voir (v. 275-290 et 298-313), et la beauté de leur chant n'est troublée que par les interventions bouffonnes de Strepsiade. Elles se répandent enfin dans l'*orchestra* telles des nuages qui passent lentement dans le ciel, mais elles ressemblent à des femmes car elles ont le pouvoir de prendre l'apparence qui leur plaît et, si l'on en croit l'explication de Socrate, elles se sont changées en femmes après avoir vu l'inverti Clisthène (v. 355). Les Grecs considéraient que les nuées étaient de simples agents naturels grâce auxquels Zeus envoyait la pluie. Elles sont en revanche des divinités pour les Sophistes puisqu'elles incarnent *ta météora*, c'est-à-dire à la fois l'astronomie et la météorologie, ainsi que toutes les idées en l'air, pensées vaporeuses, délires éthérés et niaiseries fumeuses. L'instruction de Strepsiade commence donc, et cet épisode va mettre en évidence la stupidité chronique de cet élève tout en parodiant l'enseignement sophiste. Malgré toute son habileté, Socrate est incapable de faire rentrer la plus petite parcelle de finesse dans cet esprit obtus, qui ne comprend même pas les bases de la grammaire, et il finit par chasser Strepsiade de son établissement. Les Nuées semblent prendre en pitié le vieillard et lui suggèrent de se faire remplacer par son fils ; Strepsiade ordonne alors à Phidippide à prendre sa place. Malgré son entêtement, celui-ci est encore un jeune homme respectueux, et il fait preuve d'obéissance et de respect filial en cédant à son père. C'est aussi parce qu'il ne veut pas contrarier le vieillard qu'il croit, avec quelques motifs, saisi de folie. Strepsiade vient en effet de se pavaner devant lui et, tout fier de ce qu'il croyait avoir appris, de dénaturer tout ce que lui a enseigné Socrate (scène qui évoque irrésistiblement celle du *Bourgeois Gentilhomme* de Molière, dans laquelle Monsieur Jourdain veut faire, devant sa femme et sa servante, étalage du savoir tout neuf acquis lors de ses leçons avec le Maître de Philosophie). Strepsiade réussit enfin à amener son fils devant Socrate qui décide de faire directement connaître à celui-ci le Raisonnement Juste et le Raisonnement Vicieux en lui présentant les personnifications de ces derniers. Ce qui va suivre ne correspond d'ailleurs pas tout à fait à ce qu'annonçait l'enseignement de Socrate. Si l'on avait promis à Strepsiade une vie d'ascétisme, de pauvreté, de saleté et de renoncement, le Raisonnement Vicieux propose au contraire à ceux qui le suivront une existence pleine de plaisirs et de succès. L'agôn n'oppose pas tellement le Raisonnement Juste et le Raisonnement Vicieux, mais l'ancienne éducation et la nouvelle. Le Raisonnement Juste prône la saine vie de la campagne, la bonne santé et la vigueur physique obtenues par le travail de la terre, tout cela forgeant une éthique à l'ancienne qui implique la croyance aux dieux, aux vertus, à la musique et à la poésie traditionnelles. Il prête pourtant malgré tout autant le flanc à la critique, par ses maladresses, son intérêt douteux pour les jeunes garçons et ses préjugés, que son antagoniste, le Raisonnement Vicieux, qui vante la vie citadine, la rouerie dans la politique et les cours de justice, un teint pâle et une constitution morbide, l'amollissement des bains chauds, la fainéantise, les raisonnements fumeux, la gymnastique de chambre intellectuelle ; tout cela aboutit à la mentalité des Sophistes, aux pratiques malhonnêtes, à la critique des dieux et des croyances traditionnelles, à l'amoralité, aux dérèglements sexuels... bref à une vie agréable et luxueuse ! Grâce à sa capacité de changer le faux en vrai, le Raisonnement Vicieux persuade Phidippide et même le Raisonnement Juste de le suivre.

Strepsiade, tout heureux, ramène donc son fils chez lui et lui offre même un festin pour fêter son « diplôme ». Ce banquet sera troublé par l'arrivée successive des deux créanciers de Strepsiade qui tenteront de rentrer dans leurs fonds, mais le vieil Athénien ne voudra rien entendre et les chassera avec des coups agrémentés de plaisanteries et de théories socratiques déformées. Cela ne lui réussira pas, car il ressort à son tour en criant, battu par son propre fils qui se fait fort de lui expliquer qu'il a raison de battre son père. Phidippide, lui, a en effet parfaitement assimilé ses leçons de rhétorique, et sa nouvelle faconde laisse Strepsiade abattu et sans voix. Les Nuées se révèlent comme des envoyées de Zeus qui viennent punir les mortels : « C'est ainsi que nous agissons chaque fois que nous devinons un amoureux des pratiques mauvaises, jusqu'à ce que nous le précipitions dans le malheur pour lui apprendre à redouter les dieux ! » (v. 1458-1461). Strepsiade reconnaît enfin ses erreurs : « Ah, Nuées ! c'est bien méchant, mais c'est juste ! C'est vrai que l'argent que j'avais emprunté, je ne devais pas refuser de le rendre » (v. 1462-1464). Revenant aux croyances traditionnelles, il adresse alors une prière à Hermès, qui lui inspire une vengeance : porté par les valeurs traditionnelles qu'il a retrouvées grâce aux Nuées, Strepsiade brûle le Réflectoire de Socrate, sanctuaire du Raisonnement Vicieux.

Les Nuées sont donc une comédie de l'échec : Strepsiade a toujours ses dettes à payer, et sa situation s'est même aggravée, le Raisonnement Juste a été vaincu, le Raisonnement Vicieux et Socrate ont été chassés. Seul Phidippide a gagné quelque chose, l'habileté, mais il a perdu en contrepartie tout ce qui était sa jeunesse : la passion de l'équitation, l'amitié des Cavaliers, l'amour filial, même pour sa mère qui l'adorait ; on peut même imaginer qu'il deviendra démagogue !

Les Guêpes. — En 423, une trêve, dite « de Lachès », fut conclue avec les Lacédémoniens, mais elle ne dura qu'un an. L'Argument de la pièce indique que *Les Guêpes* furent représentées aux Lénéennes de 422, dans une mise en scène de Philonidès, et qu'elles remportèrent le deuxième prix derrière le *Proagôn* de Philonidès, *Les Ambassadeurs* de Leucon obtenant le troisième prix. La pièce attribuée à Philonidès pourrait être en fait *Le Proagôn* d'Aristophane, dont on ne connaît pas la date de représentation.

Les Guêpes sont relativement connues en France, grâce aux *Plaideurs*, la seule comédie de Racine. L'auteur de *Phèdre* était un grand helléniste – sans doute le seul écrivain profane de son époque à pouvoir lire le Grec dans le texte. Il est également le seul à avoir adapté en français une comédie d'Aristophane, mais il ne retint que la peinture du goût de la chicanerie, qui n'est qu'un des éléments des *Guêpes*, où l'intrigue se fonde de nouveau sur une inversion des valeurs courantes et les ravages des Raisonnements dans la Cité.

Le sorite de départ des *Guêpes* est assez clair : les Athéniens ont la dangereuse manie des procès ; les procès sont des procès publics ; les procès publics ne se tiennent pas à domicile ; la manie des procès à domicile n'est pas dangereuse. Cette idée s'étend plutôt sur la première partie de la comédie, la seconde développant les conflits des deux générations et ceux de la Nature face à la Loi. Le premier plan montre, durant toute la pièce, la maison de Philocléon, mais, au début de la comédie, son aspect même est surprenant, couverte de filets et avec les barres fixées à l'extérieur. Le saut dans le surnaturel se produit vraiment avec le procès du chien.

Les Guêpes, comme *Les Nuées*, présentent une opposition entre un père, le vieux Philocléon *(qui aime Cléon)*, et son fils, Bdélycléon *(qui ne peut pas sentir Cléon)*. Les noms des personnages ont surtout valeur d'opposition : Philocléon et le chœur n'apprécient Cléon que dans la mesure où il les flatte, les augmente et encourage les procès, alors que Bdélycléon, qui semble pourtant vraiment détester Cléon, le compte au nombre des invités des banquets élégants d'Athènes. Les différences entre les deux pièces sont néanmoins plus nombreuses que leurs ressemblances : dans *Les Guêpes*, c'est l'amour filial qui amène le fils à tenter de corriger son père ; dans *Les Nuées*, au contraire, Strepsiade voulait transformer son fils pour échapper aux dettes, et non pour le bien de celui-ci. Les Raisonnements planent sur la comédie, puisqu'ils régissent les tribunaux, mais les juges ne sont même pas capables de les différencier. Il n'y a pas non plus de personnages réels qui jouent un rôle de premier plan, comme Socrate dans la comédie précédente. Enfin, si *Les Nuées* privilégiaient la dérision, *Les Guêpes* sont une comédie pétillante, hilarante, dont les personnages, aussi bien Philocléon que Bdélycléon, restent sympathiques.

Comme cela se produit souvent, la première scène propose un dialogue de deux esclaves qui ne dévoilent pas tout de suite le thème de la comédie. L'exposition qui suit est longue et précise, originale par son jeu de fausses questions à l'assistance, et elle pose bien que le sujet de l'action est la peine que prend Bdélycléon à protéger son père contre lui-même, en l'occurrence de son amour de l'Héliée. Elle annonce aussi le caractère rusé de Philocléon qui ne cesse d'inventer des expédients pour sortir de sa maison, où son fils l'a cloîtré.

Ainsi, pour la première fois, le héros de la pièce sera décrit avec précision avant son entrée en scène, par un procédé comparable à celui de Molière dans son *Tartuffe*. Philocléon est un vieil Athénien qui a conservé sa mentalité paysanne et sa vigueur. Son fils et lui semblent assez aisés et Bdélycléon lui promet du reste de lui passer toutes ses fantaisies s'il consent à se ranger. C'est sa passion de juger – considérée par ses proches comme une maladie chronique – qui l'obsède et le pousse à exercer son activité d'héliaste et non la nécessité de gagner un salaire. Ce qui intéresse Philocléon, c'est de condamner systématiquement les gens, et les deux Raisonnements lui sont tout aussi indifférents. La Justice, selon sa conception, n'est qu'un prétexte pour mal agir, les deux notions allant de pair dans son esprit : « Je veux depuis longtemps rejoindre vos rangs pour aller aux urnes commettre quelque mauvaise action » (v. 320-322), ou encore : « Il ne veut pas me laisser siéger, les gars, ni commettre la moindre mauvaise action ! » (v. 340). Il considère ses méfaits et lâchetés passés comme autant d'exploits, savoure la déchéance des gens, ne tient pas ses promesses, se laisse corrompre, profite de l'inspection des jeunes orphelins pour « se rincer l'œil », et autres perversités. Avant de se résoudre à enfermer son vieux père, Bdélycléon a essayé en vain tous les arguments, remèdes, prières et exorcismes possibles. Au début de la pièce, c'est le fils qui aspire à une vie « bourgeoise » avec un idéal de propriété, de confort et de soumission aux convenances, alors que Philocléon est l'image de l'homme naturel mal adapté à la vie en société. Contrairement aux apparences, il n'est pas veuf, doté d'un fils unique déjà adulte, car il a en fait une petite fille et est toujours marié (v. 607 sq.), ce qui ne l'empêche pas de promettre à une petite joueuse d'aulos de la prendre comme concubine après la mort de son fils (v. 1353). C'est que l'ordre naturel des choses est ici encore inversé de façon comique, et le vieux père semble attendre la mort de son fils pour hériter ! Philocléon a un tel esprit de jeunesse dans son corps de vieillard qu'il en vient à oublier l'âge de ses artères, sous l'effet de l'ivresse, certes, mais après tout le vin est le symbole du dieu Dionysos, et l'on voit bien ici, comme dans le prologue des *Cavaliers,* que seule l'ivresse donne aux personnages qui n'ont pas naturellement une transcendance personnelle l'impulsion nécessaire aux grandes choses. Nous retrouvons donc pour le vieil Athénien le thème habituel du rajeunissement, mais sans avoir en contrepartie d'évolution du fils vers une plus grande maturité, comme dans *Les Nuées.* Bdélycléon est déjà un homme fait : plus âgé que Phidippide, il a un esprit bien posé et peu propice à une quelconque mutation. Il semble bien mener la maison, les affaires et les esclaves puisque c'est lui qui s'occupe de gérer les biens familiaux. Il présente le point de vue du bon sens sur tous les problèmes, mais il n'en est pas pour autant un personnage insipide : citadin plutôt que campagnard, il paraît aimer s'amuser, être habitué aux banquets élégants, avoir d'excellentes manières et une culture satisfaisante. Il possède un esprit assez vif, qui perce, par exemple, dans les premières scènes quand il répond à son père qui tente de s'évader de chez lui, ainsi qu'au travers de quelques remarques marquées au coin d'un humour assez original. Si l'on devait choisir dans tout le théâtre d'Aristophane un personnage comme porte-parole du poète, il me semble que ce serait assurément Bdélycléon.

Jusqu'à la parabase, le sujet de l'action va donc être la mise au pas de Philocléon par son fils, qui se fera en plusieurs étapes : d'abord par la force, en tentant de le garder enfermé, ensuite par la persuasion et le compromis, en lui apportant un procès à domicile, et enfin par la ruse, en lui faisant acquitter l'accusé. L'épreuve de force qui s'engage au début de la comédie montre diverses tentatives d'évasion de Philocléon, qui seront toutes déjouées jusqu'à l'arrivée du chœur des Guêpes, qui occasionnera une scène de bataille entre les choreutes et Bdélycléon assisté de ses esclaves.

Le chœur des Guêpes est composé de vieux héliastes vêtus de loques, qui se comportent comme de pauvres vieillards athéniens et ne semblent pas être réellement déguisés en guêpes. Ils portent sans doute chacun un bâton, qui représente peut-être leur aiguillon. Bdélycléon parle d'eux comme d'une drôle de race de vieillards semblables à des guêpes, portant un dard très aigu au bas des reins, mais c'est seulement quand le Coryphée lance ses troupes dans la bataille pour délivrer Philocléon que les aiguillons apparaissent. La métaphore de la guêpe devient alors réalisée : Bdélycléon et ses esclaves repoussent le chœur à coups de bâton, comme pour des hommes, mais aussi avec des branches et de la fumée, comme pour un nid de guêpes. Les choreutes ne redeviendront guêpes que dans la parabase, où ils expliqueront leur accoutrement, en s'exprimant tantôt en insectes tantôt en humains. La métaphore filée s'achève, définitivement, par une dernière plaisanterie : « A l'avenir, tout citoyen qui n'aura pas de dard n'aura pas droit au triobole ! » (v. 1120 sq.). Les choreutes ne sont pas simplement une multiplication du personnage de Philocléon ; la différence principale est que les choreutes sont de vieux Athéniens fatigués et pessimistes, que la pauvreté contraint à être juges, alors que Philocléon a délibérément choisi cet état. De plus, si le chœur ressent douloureusement sa vieillesse, Philocléon, lui, est plein d'une stupéfiante vitalité bien qu'il ait le même âge qu'eux.

L'agôn qui va suivre correspondra à la deuxième étape de la démarche de Bdélycléon, celle où il tente de persuader son père et le chœur que, loin d'être honorés et choyés par Cléon, ils ne sont en fait que des instruments entre ses mains. Le chœur est rapidement convaincu, et Philocléon lui-même sent bien que son fils a raison, mais il ne veut pas renoncer à sa passion de juger. Bdélycléon va alors en arriver à la troisième étape de cette cure de désintoxication qu'il impose à son père, en décidant de lui apporter ses procès à domicile. C'est alors le fameux procès du chien, qui sera même repris par Racine dans ses *Plaideurs :* le chien Labescroc (masque du stratège Lachès qui aurait accepté de l'or des Siciliens pour ne pas les attaquer) est accusé par Clébard (Cléon), un chien cydathénien, d'avoir dérobé dans la cuisine un fromage frais de Sicile, et surtout de ne pas avoir partagé. Suivent alors les discours de l'accusation (Clébard, qui aboie et s'exprime comme un vrai démagogue) et de la défense (Bdélycléon qui remplace Labescroc paralysé des mâchoires), avec le défilé des témoins, ici différents ustensiles de cuisine, le témoin principal étant une râpe à fromage puisqu'il s'agit d'une affaire de fromage. Bdélycléon, par un tour de passe-passe, va obliger son père, seul juge, à acquitter l'accusé. Bdélycléon agit ainsi véritablement comme un médecin moderne face à cet intoxiqué qu'est son père : il commence par une désaccoutumance progressive, en ne le privant pas brutalement de ses procès chéris mais en lui en offrant un, sous contrôle, et il procède enfin à une sorte d'« électrochoc », l'acquittement involontaire grâce à une manipulation des urnes. Ce coup sera effectivement violemment ressenti par Philocléon, qui, totalement abattu, se remettra entre les mains de son fils. A ce stade de l'action, on a ainsi l'impression que la pièce est terminée, puisque Philocléon renonce définitivement aux procès et que la victoire de Bdélycléon est achevée. Mais Bdélycléon n'est pas le héros de la comédie, et cette victoire n'est pas réelle : son but véritable n'était pas d'empêcher son père d'aller siéger, mais surtout de lui faire mener une vie normale en le guérissant de sa manie ; celle-ci était le tribunal, mais aurait aussi bien pu être tout autre, et Bdélycléon se serait alors tout autant efforcé de l'en détourner.

Comme souvent, il existe un malentendu sur les intentions d'Aristophane : si l'on part de la proposition *a priori* que *Les Guêpes* correspondent à une satire du système judiciaire athénien, comme le font la plupart des commentateurs, on peut penser que la parabase, située aux vers 1009-1121, marque la fin de cette action et que les scènes suivantes n'ont qu'un lien très lâche avec le thème principal. Une telle analyse serait encore une fois réductrice et méconnaîtrait la richesse des intrigues d'Aristophane. La comédie n'est pas terminée, tout simplement parce que le thème de la pièce n'est pas épuisé : l'attaque du système judiciaire athénien et de Cléon, qui culmine dans la scène du procès du chien, est un élément essentiel des *Guêpes*, mais n'est pas toute la comédie. Le sujet véritable en est le personnage de Philocléon, et de ce point de vue l'unité d'intérêt est soutenue de bout en bout.

Bdélycléon avait annoncé qu'il allait désormais faire mener la grande vie à son père (v. 1003-1008), et les deux personnages reviennent en scène à l'issue de la parabase en s'apprêtant effectivement à aller à un banquet. Le thème qui s'amorce alors est toujours lié au personnage de Philocléon, mais plus à la manie des procès. Le vieil Athénien a été guéri de sa marotte dans la première partie ; il s'agit maintenant de savoir si Bdélycléon réussira à faire de son père un vieillard « normal », à dompter Philocléon qui ne voulait déjà pas se soumettre à la loi, mais bien plutôt plier celle-ci à ses caprices. Une parodie de procès clôt la première partie de la comédie, et c'est une parodie d'enseignement qui ouvre la seconde. Bdélycléon va tenter d'inculquer les bonnes manières à son père, toujours selon le principe de l'inversion des valeurs courantes, puisque c'est ici le jeune fils qui est le maître de son vieux père. Cette scène évoque elle aussi étrangement le *Bourgeois Gentilhomme* de Molière : comme le dialogue entre Strepsiade et Socrate annonçait les leçons du Maître de Philosophie, nous retrouvons ici un

M. Jourdain qui prendrait sa leçon de maintien avec le Maître de Danse. Mais les différences entre Strepsiade et Philocléon sont très nettes : Philocléon ridiculise, par des plaisanteries bouffonnes, toutes les finesses d'élégance et de conversation que prône son fils, comme Strepsiade dénaturait burlesquement les propos et les leçons de Socrate ; toutefois, c'est consciemment que Philocléon sabote les efforts de son fils, alors que c'était involontairement, à cause de sa stupidité, que Strepsiade ne retenait pas l'enseignement de Socrate. Philocléon ne veut pas apprendre, tandis que Strepsiade ne le pouvait pas. Bdélycléon semble pourtant satisfait des progrès de son élève dans l'art de se bien tenir à table, et il se prépare à l'emmener à ce banquet élégant qui, prétend-il, se déroulera fort bien entre gens de bonne compagnie, malgré l'intuition de Philocléon qui pense que son tempérament belliqueux reprendra le dessus sous l'effet de l'ivresse. Le vin servira en effet encore une fois de révélateur, et Philocléon, comme il l'avait prévu, reviendra à sa vraie nature. La parabase secondaire (v. 1265-1291) correspond au déroulement de ce banquet, et les scènes qui vont suivre montreront que Philocléon n'a en rien été discipliné par son fils, mais a, bien au contraire, retrouvé une liberté d'action et une indépendance totales. Ses manies n'ont fait que changer : au lieu d'avoir la marotte du tribunal, il en a maintenant plusieurs qui se ramènent en fait à une seule idée : vivre comme il lui plaît. Philocléon revient chez lui avec une petite joueuse d'aulos qu'il a soustraite au banquet, très excité, en frappant tous ceux qui l'approchent. Bdélycléon finit par arracher la jeune femme à son père ; à bout de patience, il se laisse presque aller à l'insulter. Il est interrompu par l'arrivée successive de deux personnes, une boulangère et un honnête citoyen, furieuses d'avoir été agressées par son père, et qui veulent porter plainte contre lui. Malgré les tentatives d'arrangements à l'amiable que tente Bdélycléon, Philocléon les chasse brutalement. Son fils l'entraîne alors de force chez lui, et là encore, on pourrait penser que la comédie se termine par un retour à la situation initiale : enfermer Philocléon pour l'empêcher de se livrer à ses manies. Pourtant, Bdélycléon ne pourra décidément jamais réduire son père à mener la vie normale d'un vieil Athénien rangé, car Philocléon y mènera la même sarabande, continuera de s'enivrer et sera pris d'une nouvelle frénésie, celle de la danse. Il réapparaît une nouvelle fois pour un finale trépidant et parfaitement lié au thème de la comédie, puisque son désir de lancer un défi sur le terrain de l'art va démontrer qu'il est plus vif que les jeunes, plus novateur que les innovateurs, et que toutes les nouveautés orchestiques des poètes tragiques à la mode sont déjà démodées par rapport aux nouveaux pas qu'il ne va cesser d'improviser devant les spectateurs pour l'exodos frénétique et tourbillonnante de cette comédie.

La Paix. — Après la trêve « de Lachès », les hostilités reprirent en 422, mais Cléon et le général spartiate Brasidas, les plus acharnés partisans de la guerre, tombèrent à la bataille d'Amphipolis. Cela permit aux modérés de faire signer, en 421, un traité de paix entre Athènes et Sparte de cinquante ans, dit « Paix de Nicias », mais qui se terminera en fait en 413. Aux Lénéennes, Aristophane présentait *Les Saisons,* et Eupolis son *Marikas*, une violente attaque contre Hyperbolos (un plagiat des *Cavaliers* selon Aristophane). C'est peu avant l'arrêt du conflit qu'eut lieu le festival des Grandes Dionysies de 421 : Eupolis remporta le premier prix avec ses *Flatteurs*, devant *La Paix* d'Aristophane et *Les Phratriens* de Leucon.

Pour une fois, Aristophane est heureux et en plein accord avec la Cité ; dans la seconde partie de cette comédie, la paix reviendra, le monde réel et la fantaisie coïncideront, et le rêve des *Acharniens* sera devenu une réalité tangible que la Cité tout entière pourra fêter.

C'est en revanche la première fois, tout au moins dans les comédies conservées, qu'Aristophane déplace l'action hors d'Athènes et fait intervenir de véritables dieux. Le héros, Trygée, un vieux vigneron, n'a donc nul besoin de transcender quoi que ce soit ; son vol vers les dieux n'est qu'une fantaisie héroïque pour retrouver Paix (*Paix* est en fait le titre exact de la pièce, car il s'agit du nom de la déesse, comme pour *Ploutos*), puisque la réalité rejoint et même précède cette fiction. Son nom (de *trugân, vendanger*) contient une signification symbolique, avec peut-être un sous-entendu sexuel. On peut imaginer qu'il est veuf car il semble s'occuper lui-même de ses petites filles, et qu'il n'est pas fait la moindre mention de sa femme, *a fortiori* lors de son mariage avec Opôra. Sa monture, le scarabée géant, servira justement à compenser cet aspect presque trop humain, et à lui donner tout de suite ce statut de héros comique qui lui permettra de passer dans le surnaturel et de mener sa quête à bien. C'est un héros altruiste qui cherche à ramener la paix non pour lui seul, comme Dicéopolis, mais pour l'ensemble de la Cité : il inaugure la série des héros que l'on pourrait nommer « restaurateurs », dans laquelle figurent Lysistrata et le Dionysos des *Grenouilles*.

Dans *La Paix*, nous revenons au schéma des *Acharniens*, avec la violence de la guerre qui incite le brave citoyen Trygée à monter au ciel demander des comptes à Zeus, puis l'action de violence gratuite, l'aïoli que Polémos confectionne avec les cités grecques, qui déclenche le rebondissement et lance véritablement la pièce avec la décision de Trygée de délivrer Paix et de la ramener sur terre. La pièce bascule rapidement dans le surnaturel avec la montée au ciel de Trygée sur son scarabée ; c'est la première incursion d'un héros aristophanien dans l'au-delà (du moins dans les pièces conservées, car *Le Centaure*, sans doute contemporain des *Babyloniens*, comportait, semble-t-il, au moins un épisode qui se passait dans l'Hadès). Le syllogisme de départ qui engage véritablement l'action ne se développe qu'assez tard, après l'arrivée de Trygée chez Zeus ; il rappelle celui des *Acharniens* : Paix est prisonnière ; Paix est liée au bonheur ; libérons Paix, et le bonheur reviendra ! Le premier plan qui est proposé se divise par moitié entre le séjour des dieux et une Athènes irréelle de félicité, mais des correspondances entre les deux niveaux s'établissent sans cesse.

Nous pouvons trouver trois « actes » bien délimités dans cette comédie : le premier, sur terre, devant la maison de Trygée, expose la préparation de la montée au ciel ; le deuxième, devant la maison de Zeus, montre la délivrance de la Paix ; le troisième, enfin, après la parabase, développe le retour sur terre et les effets de cette libération sur la Cité. Au début de la comédie, la nature du monstre que nourrissent les deux esclaves avec force galettes d'excréments n'est pas immédiatement révélée, pas plus que le sujet de la pièce. Le Second Serviteur lève enfin le voile : après d'infructueuses tentatives pour se rendre chez Zeus, leur maître, Trygée, a trouvé un scarabée géant qui devrait lui permettre de gagner le ciel. Le héros apparaît enfin, juché sur sa monture fantastique, et apprend, d'abord à son serviteur puis à ses petites filles, qu'il compte interroger Zeus sur ses desseins au sujet de la Grèce qui est à bout de forces. La préparation de la montée au ciel sera très longue, les effets comiques, les plaisanteries et les allusions aux machines de théâtre seront nombreux, la *mèchanè* impliquant comme d'habitude une stature quasi divine de celui qui l'utilise. La scène suivante, qui montre ce voyage de Trygée sur l'escarbot, fait évidemment partie intégrante de l'action, et dès son arrivée les péripéties vont se succéder.

La première est la rencontre avec Hermès. Celui-ci a été laissé en arrière par les autres Immortels pour garder leurs ustensiles ménagers ; après un début d'affrontement, désamorcé par l'offrande d'un plat de viandes, le dieu apprend au vieil Athénien que Zeus est parti, ce qui réduit à néant le projet initial de Trygée, et que la Paix est enfermée à cet endroit, sous la garde de Polémos (la Guerre) qui peut préparer sans aucun contrôle une bouillie de cités grecques. Hermès s'en va pour laisser la place à Polémos, accompagné de son serviteur Kydoimos (Tumulte). On pourrait alors penser que la pièce va s'orienter vers un affrontement entre Polémos et Trygée, mais Aristophane refuse cette possibilité car Trygée se cache. Polémos ne le découvrira pas et repartira sans avoir pu faire sa bouillie de cités grecques pour ne plus revenir ; mais cela le spectateur ne le sait pas, et la menace de son retour pèse sur toute cette partie de la comédie. Cet épisode est lui-même très soigneusement construit : Polémos s'aperçoit qu'il lui manque un pilon pour faire sa cuisine ; il envoie Kydoimos en chercher un à Athènes ; Trygée fait alors part de ses craintes ; Kydoimos revient pour dire que le pilon athénien, Cléon, a disparu ; sur ce, le vigneron exprime sa joie, et sa confiance revient ; cependant Polémos ne renonce pas et envoie son serviteur chercher un autre pilon, à Sparte cette fois ; Trygée s'inquiète de nouveau, mais Kydoimos revient encore une fois bredouille car le pilon lacédémonien, Brasidas, est mort lui aussi, et Trygée de se réjouir. Après le départ de Polémos, Trygée décide de profiter de ce sursis pour libérer Paix, que Polémos a jetée dans un « antre profond » (v. 223), et la comédie va s'orienter ainsi vers son thème essentiel, la délivrance de Paix. Comme dans *Les Acharniens,* l'idée de départ qui guidait le héros s'est amplifiée : Trygée lance alors un appel à l'aide et le chœur apparaît, mais celui-ci nuira à la cohésion de l'action plus qu'il ne la renforcera.

Ce chœur pose deux problèmes : sa composition – car il change de caractérisation dans les parties de la comédie séparées par la parabase –, et la façon dont

Aristophane l'amène sur le lieu de l'action. A l'entrée du chœur, les choreutes sont laboureurs, marchands, ouvriers, métèques, étrangers, insulaires – mais tous Hellènes. Il y a donc à ce moment-là une union totale de la Grèce au service de cette grande aspiration commune. Après la libération de la déesse, ils perdront leur caractérisation de Panhellènes pour devenir dans la seconde partie de la pièce, assez logiquement, un simple chœur de laboureurs de l'Attique puisque les autres Grecs seront rentrés chez eux. Le second problème que pose le chœur est sa montée au ciel, car si le voyage du héros se passe devant les spectateurs, le chœur, lui, entre au vers 301 et rejoint Trygée sans qu'un seul mot dans le texte explique comment ces choreutes ont pu, eux, monter chez Zeus. C'est sans doute que le spectateur le voyait fort bien et n'avait aucun besoin de commentaires. La solution me semble en fait simple : Trygée emmène le public avec lui chez Zeus. Les choreutes – qui ne portent aucun costume spécial – devaient se trouver parmi les spectateurs des premières rangées du théâtre et se lever à l'appel du vigneron pour bondir dans l'orchestra. Si telle était la mise en scène, le public n'avait donc besoin d'aucun éclaircissement supplémentaire sur l'intervention du chœur. De même, les choreutes n'ont besoin d'aucune explication de Trygée puisque, spectateurs eux-mêmes jusque-là, ils sont déjà au courant des moindres détails de la situation. Après la parabase, Trygée, de retour chez lui, détermine un nouveau lieu pour le public, lieu dans lequel le chœur se glisse ensuite naturellement sans qu'il soit nécessaire d'ajouter une justification pour son retour sur terre.

Paix sera enfin délivrée après quelques incidents mineurs, mais son retour à la lumière marquera une nouvelle et importante péripétie : Paix apparaît sous la forme d'une statue. Paradoxalement, Aristophane, qui met si souvent en scène les dieux – la plupart du temps pour s'en divertir –, décide de réserver un traitement de faveur à cette déesse et préfère en donner cette représentation statique, mais elle est considérée comme une femme en chair et en os, qui a des soupirants et avec laquelle on peut s'entretenir. Paix est accompagnée de deux suivantes, Théôria et Opôra, personnages muets qui vont servir de trait d'union entre la déesse et les humains : Opôra est la personnification des moissons et des fruits et représente les effets de la paix à la campagne, alors que Théôria est la personnification des fêtes publiques. Seule Paix est du reste nommée déesse ; on lui adresse des prières et des sacrifices, et elle se situe sur un plan d'égalité avec Hermès, qui était revenu et sert de truchement à la déesse pour confier une double mission au héros : ramener les deux suivantes sur terre pour épouser lui-même Opôra et offrir Théôria au Conseil. On retrouve donc toujours le schéma des *Acharniens*, où était développé le retour du commerce dans la Cité, annoncé avant la parabase et matérialisé par les deux scènes avec le Mégarien et le Thébain, avant de voir les effets de la trêve de Dicéopolis sur la Cité, comme on voit ici ceux de la paix de Trygée. Cependant, les Athéniens ne pouvaient participer à la paix de Dicéopolis, alors que Trygée les y associe par le don de Théôria au Conseil.

Trygée redescend donc à Athènes avec les deux divinités durant la parabase, puis il commence, avec l'aide de son serviteur, à préparer Opôra pour leurs noces, fait un sacrifice en l'honneur de Paix, et remet enfin Théôria au Conseil, c'est-à-dire à l'ensemble des Athéniens. Durant toute la seconde partie de *La Paix,* la principale image des conséquences de la paix sera le sexe, cette image culminant naturellement dans la scène de noces finale. Les deux esclaves du prologue tombent d'accord pour reconnaître que la divinité dont le scarabée est le plus éloigné est Aphrodite (v. 40), et pourtant c'est bien grâce à celui-ci qu'Aphrodite a pu remporter une victoire avec la réapparition de Paix et de ses deux adorables compagnes, liées aux joutes amoureuses les plus diverses. Dans *La Paix*, comme plus tard dans *Lysistrata,* l'amour est ainsi indissociable de la paix, et dans ces deux comédies, les plaisanteries grivoises sont surtout exprimées par des métaphores, avec très peu de termes crus et d'obscénités gratuites.

Trygée n'aura que des amis et des admirateurs jusqu'à l'apparition de Hiéroclès, un diseur d'oracles qui va faire fonction de parasite. Les scènes suivantes poursuivront les relations pacifiques entre Trygée et son entourage. Quelques marchands, qui avaient été annoncés dans la première partie, font leur apparition : un Fabricant de faux et un Potier, qui viennent remercier Trygée de redonner vie à leur négoce et lui faire des cadeaux de noces, ainsi que des marchands d'armes, ruinés par la paix revenue. En fait, ceux-ci cherchent seulement à écouler leurs stocks d'armes qui ne trouvent plus preneur, mais ils sont ridiculisés par le héros qui tourne en dérision leur matériel de guerre, tout comme Dicéopolis pour Lamachos. Les dernières scènes introduisent deux des enfants des invités : le premier est le fils de Lamachos, et chante des couplets guerriers qui exaspèrent Trygée, alors que le second, le fils de Cléonyme (un Athénien lâche et gourmand qui revient souvent dans les comédies) est bien reçu avec ses strophes pacifistes. L'exodos consiste en un cortège de noces et un chant d'hyménée du chœur qui escorte Opôra et Trygée, le héros le plus heureux de toutes les comédies d'Aristophane.

II. — La chute d'Athènes

La bataille de Mantinée, en août 418, prélude à la rupture de la paix de Nicias, qui se terminera en fait l'année suivante, en 413, avec l'invasion de l'Attique par le roi de Sparte, Agis. Athènes et Alcibiade mettaient tous leurs espoirs dans une grande expédition pour conquérir la riche Sicile, et peut-être même Carthage. Au cours de l'été 415, les stratèges Alcibiade, Nicias et Lamachos allaient prendre le commandement de cette flotte de 100 trières, quand on découvrit un matin que les statues d'Hermès placés aux coins des rues avaient été mutilées. Une enquête fut ouverte qui révéla d'autres impiétés comme des parodies des Mystères d'Éleusis. Alcibiade et nombre d'autres personnalités, dont Critias, semblaient mêlés à ces scandales, mais on laissa quand même le jeune stratège partir avec la flotte. Pourtant, la suite de l'enquête amena à accuser Alcibiade de profanation des Mystères et de haute trahison. On dépêcha une des trières officielles pour le ramener, mais il s'échappa et passa à l'ennemi. La même année vit la condamnation à mort de Diagoras de Mélos pour athéisme et le « décret de Syracosios » qui interdisait d'attaquer nommément les personnes dans les comédies.

Les Oiseaux. — C'est dans cette atmosphère troublée qu'Aristophane présenta ses *Oiseaux* aux Grandes Dionysies de 414, dans une mise en scène de Callistratos. Ameipsias fut vainqueur avec *Les Cômastes*, Aristophane deuxième, et Phrynichos troisième avec *Le Solitaire*. Euripide présenta *Héraclès furieux* et *Iphigénie en Tauride*. Nous ne pouvons dater avec certitude aucune des pièces d'Aristophane entre *La Paix* (421) et *Amphiaraos*, présenté aux Lénéennes la même année que *Les Oiseaux*, mais on peut sans doute situer dans cette période les secondes versions de *La Paix* et des *Nuées, La Vieillesse*, *Les Campeuses*, *Anagyros* (ainsi que son mariage et la naissance de ses deux premiers fils).

Après l'amère désillusion de la reprise des hostilités, le poète se détachera de plus en plus de la réalité pour en arriver à des utopies plus ou moins sombres. Cette rupture du cordon ombilical avec la Cité se produit dans *Les Oiseaux*. Ce désenchantement se retrouve dans le sorite de départ qui se développe assez tardivement, comme dans *La Paix :* nous, Pisétaire et Évelpide, cherchons une cité idéale ; la cité idéale n'existe nulle part ; « Nulle part » est l'endroit où vivent les oiseaux ; fondons une cité chez les oiseaux !

L'utopie – le mot est vraiment à prendre ici dans son sens étymologique de « non-lieu » – ainsi créée se peuple d'un mélange saugrenu d'oiseaux qui agissent comme des Athéniens, et d'Athéniens qui veulent devenir oiseaux. Le caractère surnaturel de l'entreprise est évidemment marqué par l'apparition d'oiseaux monstrueux, Térée en tête, ou bizarres, mais aussi par l'évolution non moins étrange de Pisétaire et d'Évelpide avec leurs ailes. C'est néanmoins, dans les pièces conservées, la première fois – la seule avec *Les Grenouilles* – que le premier plan est projeté hors de l'Attique pour toute la durée de la comédie, et ici sans espoir de regagner Athènes : le héros ne redescendra pas sur terre, ses compatriotes ne le rejoindront pas dans ce séjour privilégié.

Nous retrouvons dans *Les Oiseaux* une unité d'action parfaite et une progression dramatique constante, partant d'une idée limitée pour aboutir à une domination du héros sur l'univers, après une série de rebondissements du thème et d'amplifications du dessein initial. La première scène introduit deux vieillards qui portent chacun un oiseau au poing. Pisétaire *(qui persuade ses compagnons* ou *qui se fie à ses compagnons)* et son compagnon Évelpide *(fils du bel espoir)* errent en effet depuis si longtemps dans un pays inconnu qu'ils ont franchi, sans même s'en rendre compte, la frontière indécise qui sépare le monde normal d'un lieu fantastique qui est une sorte d' « Ailleurs ». Ils sont guidés par un choucas et une corneille (espèces souvent associées aux pratiques de magie et de sorcellerie) censés les mener jusqu'au royaume des Oiseaux. Les deux personnages révèlent enfin qu'ils sont Athéniens de pure souche, aisés et de « bonne bourgeoisie » (v. 33), qu'ils aiment leur patrie mais sont contraints de la fuir : c'est la violence de la morsure des dettes, comme dans *Les Nuées*, qui les pousse à quitter Athènes, que les démagogues et la manie pernicieuse des procès mènent chaque jour davantage vers sa ruine. Ils expliquent qu'ils sont à la recherche d'une ville tranquille où s'établir, et ont décidé de demander à Térée, héros tragique changé en huppe par les dieux, s'il n'en a pas repéré une au cours de ses pérégrinations ailées. Térée-la Huppe apparaît alors ; c'est un personnage à la fois cocasse et surhumain (qui a déjà une raison de vouloir se venger des Olympiens), et il est devenu une sorte de Grand-Prêtre des oiseaux. Il ne voit aucune ville qui convienne aux deux Athéniens, mais il fait une description si idyllique de la vie bénie des oiseaux qu'il provoque la grande idée de Pisétaire. Comme Dicéopolis, mais en beaucoup plus complexe, Pisétaire est l'individu qui cherche à échapper à une société où il ne trouve plus aucun sujet d'espérance, et, comme lui, il va soudain profiter de circonstances exceptionnelles et avoir la révélation d'un grand dessein qu'il va aussitôt entreprendre de réaliser (v. 162). Il imagine donc la création d'une cité des Oiseaux, intermédiaire entre le séjour des dieux et celui des hommes, qui permettra à la gent ailée de ravir la royauté à Zeus. Les mortels seront amenés, sous peine de sévices s'ils refusent, et en échange d'avantages s'ils se soumettent, à reconnaître la suzeraineté des oiseaux ; les dieux, eux, tourmentés par cet obstacle qui les affamera en interceptant la fumée des sacrifices, et les empêchera de rejoindre leurs amantes mortelles, seront obligés de composer avec les oiseaux et de leur céder leur royauté. Ce plan enthousiasme ses interlocuteurs et, dans un couplet fameux *(Épopopoï, popoï, popopopoï, popoï)*, la Huppe convoque les oiseaux. L'entrée du chœur introduit une première péripétie car les oiseaux refusent d'abord de croire en la bonne foi du héros et se préparent à l'attaque. Heureusement, Térée s'interpose et Pisétaire peut exposer son plan. Il explique que les oiseaux étaient autrefois les maîtres des hommes, alors que maintenant ceux-ci les considèrent comme des créatures inférieures uniquement bonnes à leur servir de nourriture. Les arguments de Pisétaire ne tardent pas à convaincre ces oiseaux, qui sont des créatures entêtées, méfiantes, versatiles, simplistes, bref des « cervelles d'oiseaux ». Ces défauts sont ceux de ce peuple d'Athènes qui déçoit tant Aristophane, ce qui permettra d'établir très facilement l'analogie entre les deux communautés. Les effets de cette alliance ne commenceront de se faire sentir qu'après la parabase. Celle-ci est d'ailleurs chantée en situation, et ne provoque ainsi aucune solution de continuité entre les deux parties de la comédie.

Après la parabase, les deux Athéniens ont vu des ailes (d'assez piètre qualité) leur pousser grâce à une racine que leur a donnée Térée : ils restent des hommes, mais des hommes ailés et ne sont donc pas assimilés aux oiseaux, ni même à Térée. Ils commencent à nommer la nouvelle cité des oiseaux Néphélococcygie *(Coucouville-sur-Nuages),* et à organiser son développement, hors scène, avec l'édification d'une muraille fantastique qui doit protéger la cité (Évelpide part surveiller sa construction), et sur scène, avec les cérémonies coutumières de fondation et l'organisation de la cité. Pisétaire va s'occuper de ce sacrifice de fondation et devenir alors non plus seulement le chef, mais aussi le Grand-Prêtre de la nouvelle cité. Celle-ci se trouvant à égale distance des hommes et des dieux, elle recevra des visites des deux côtés : d'en haut, avec des dieux, et d'en bas avec des Athéniens inconnus ou familiers. En fait, de multiples allusions montreront une étroite analogie entre Néphélococcygie et Athènes. Le mélange des plans est si permanent et complexe que l'on verra par exemple des dieux venir discuter dans ce royaume intermédiaire des lois d'Athènes qui semblent les régir eux-mêmes.

D'autres péripéties vont alors survenir, et l'action

elle-même va évoluer vers la suprématie personnelle de Pisétaire. Il est nommé chef des armées et de la diplomatie des oiseaux, qui sont à la fois ses gens et les nouveaux dieux des autres hommes. Il va même devenir le Grand-Prêtre de ces dieux : il chasse le prêtre qui venait faire les sacrifices et prend sa place (v. 549), se hissant ainsi à un niveau supérieur à celui de Térée, qui disparaît du reste définitivement.

C'est alors qu'est introduite une première série d'individus liés à la fondation d'une quelconque cité, qui cherchent à en tirer parti. Cinq personnages apparaissent ainsi successivement. Le premier à intervenir est un poète en loques qui vient chanter la nouvelle cité. Pisétaire va lui donner quelques hardes et le Poète repart tout content. Le deuxième est un diseur d'oracles qui menace d'attirer le malheur sur Néphélococcygie si on ne lui fait pas de cadeaux, mais Pisétaire va fabriquer ses propres oracles contre l'importun, qui est battu et chassé. Arrive ensuite un personnage réel, l'arpenteur-astronome Méton, chargé de tout un matériel de géométrie. Pisétaire se contente de le menacer gentiment, mais comme il s'incruste, il est chassé avec quelques coups. Après lui survient un Contrôleur fort déplaisant qui est aussitôt refoulé par Pisétaire, mais un marchand de décrets le remplace aussitôt, qui veut soumettre Néphélococcygie aux lois athéniennes auxquelles voulait justement échapper Pisétaire ; il est lui aussi battu. Ces importuns montrent bien les obstacles que rencontre Pisétaire pour fonder une cité des oiseaux qui ne soit pas une colonie soumise à la métropole : ils seront chassés car ils ne cherchent pas à devenir des citoyens de la nouvelle cité, mais au contraire à l'annexer et à la couler dans le moule athénien.

Après ces apparitions, le chœur chante la parabase secondaire, toujours en situation, qui ne provoque pas non plus d'interruption de l'action, d'autant plus qu'elle correspond au temps nécessaire à la construction de la muraille et aux missions de hérauts dépêchés chez les hommes et chez les dieux. La comédie développe alors les conséquences de la fondation de la nouvelle cité pour les hommes et pour les dieux dans deux scènes parallèles : l'une avec la déesse Iris, l'autre avec le rapport du héraut envoyé chez les hommes. Évelpide vient annoncer l'achèvement de la muraille, mais un oiseau-sentinelle avertit qu'un dieu a « violé l'espace aérien » de Néphélococcygie. Iris, messagère ailée de Zeus, apparaît en effet sur la mèchanè et prévient que Néphélococcygie sera détruite si les oiseaux continuent d'intercepter les sacrifices que les hommes doivent aux Olympiens. Dicéopolis la renvoie elle aussi, mais avec des menaces érotiques. Cet épisode qui marque la première opposition effective de Pisétaire au roi des dieux, est aussitôt contrebalancé par l'arrivée d'un des hérauts envoyés chez les hommes qui vient décrire l'enthousiasme des hommes pour leurs nouveaux dieux-oiseaux, une véritable frénésie qui s'est emparée d'Athènes (v. 1271-1307). Cela compense un peu la menace divine, en laissant entendre que les humains vont soutenir Pisétaire.

Une deuxième série d'Athéniens apparaît alors. Ils ne sont que trois cette fois-ci, et participent au thème de la comédie. Ils représentent l'avant-garde des hommes annoncés par le messager, qui répondent à l'invite du héraut envoyé sur terre et désirent devenir citoyens de la cité des oiseaux et obtenir des ailes. Malheureusement, tous ceux qui vont se présenter seront eux aussi des parasites indignes de cette intronisation des ailes. Le premier d'entre eux est un fils dénaturé qui voudrait tuer son père pour en hériter, et croit savoir que chez les Oiseaux, on prônait le parricide. Pisétaire va de nouveau user de diplomatie et conseiller au jeune homme d'aller faire la guerre pour sa propre cité sur le front thrace. Le Fils dénaturé est finalement convaincu et s'en va satisfait. Le deuxième aspirant est un autre personnage réel, le célèbre poète Cinésias. Pisétaire, qui n'apprécie pas son art artificiel, refuse catégoriquement de lui donner des ailes pour voguer dans les cieux de la poésie, et le renvoie brutalement. Paraît ensuite un sycophante qui cherche à se procurer des ailes pour pouvoir mieux moucharder. Pisétaire, comme pour le Fils dénaturé, essaye de l'orienter vers une activité plus recommandable, mais les sycophantes sont incorrigibles, et le seul langage que celui-ci comprenne, à l'instar de tous ses confrères est celui de la violence.

Plus aucun mortel n'apparaîtra dorénavant, et Pisétaire n'aura plus affaire qu'à des dieux, au rang desquels il finira par prendre place. Assez logiquement, le nouveau personnage qui apparaîtra sera un allié semblable à ce qu'était Amphithéos pour Dicéopolis, mais avec une grandeur mythique incomparable, puisqu'il s'agit du Titan Prométhée, l'ami de toujours des hommes, qui va trahir une nouvelle fois les dieux en leur faveur. Pisétaire trouve en Prométhée un allié divin pour lutter contre la menace des dieux, de même qu'il avait trouvé un allié ailé en la personne de Térée face à la menace des oiseaux. Naturellement, c'est ici un Prométhée comique qui apparaît, dissimulé sous un capuchon et tenant une ombrelle au-dessus de sa tête. Il apporte d'abord une bonne nouvelle : Zeus risque d'être détrôné car les dieux sont affamés et menacent de se révolter si un compromis n'est pas signé avec le maître des oiseaux. L'intervention de Prométhée crée une nouvelle et importante péripétie, qui permet à l'action de rebondir une nouvelle fois. Le Titan révèle en effet que le seul moyen d'avoir raison de Zeus est d'exiger de ses ambassadeurs, qui doivent bientôt arriver, qu'il restitue le sceptre aux oiseaux et qu'il donne Basiléia *(Royauté)* pour épouse à Pisétaire (v. 1535 sq.). Cette Basiléia est beaucoup plus qu'un simple symbole de la royauté, elle est un véritable substitut d'Athèna, fille de Zeus. Le roi des dieux, a toujours craint d'être supplanté par un fils plus fort que lui car Ouranos avait été renversé par son fils Cronos, et celui-ci à son tour par le sien, Zeus lui-même. Pour Aristophane, ce successeur est trouvé : ce sera non le fils de Zeus, mais un homme, son gendre, d'où la substitution de Basiléia à Athèna, car marier la vierge protectrice de la Cité à Pisétaire aurait certainement choqué le public athénien. C'est du reste le seul point sur lequel Poséidon refusera vraiment de céder au cours de l'ambassade. Celle-ci se présente effectivement aussitôt après, composée de Poséidon, l'orgueilleux dieu épique, d'Héraclès, le goinfre héroïco-comique, et d'un dieu barbare, Triballe. Poséidon, chef de la délégation, est investi des pleins pouvoirs mais mettra démocratiquement aux voix toutes les décisions. Il doit réfréner l'ardeur d'Héraclès qui n'a qu'une idée : étrangler le mortel qui ose l'affamer. Quant à Triballe, il paraît surtout pressé d'en finir. Pisétaire va utiliser toute sa finesse, en attaquant par le point faible de la légation, c'est-à-dire Héraclès. Il va appâter ce glouton légendaire grâce au fumet d'oiseaux dissidents qui rôtissent, condamnés pour menées antidémocratiques. Dès lors, Héraclès ne songera plus qu'à conclure pour pouvoir engloutir ces brochettes. Poséidon n'est pas opposé à la paix, mais Pisétaire, selon les directives de Prométhée, réclame Basiléia pour épouse. Poséidon ne veut d'abord rien entendre et tente de convaincre son neveu Héraclès, qui soutient Pisétaire, qu'il va contre ses propres intérêts ; mais l'éloquence du dieu ne vaut pas celle du mortel qui démontre à Héraclès – d'après les lois athéniennes qui semblent paradoxalement régir aussi les Olympiens – qu'il n'héritera pas de Zeus car il est un fils illégitime – idée bien digne de Néphélococcygie que de discuter en l'air de l'héritage de Zeus Immortel ! C'est le vote de Triballe qui doit trancher, mais comme celui-ci s'exprime dans un jargon incompréhensible, chacun interprète ses paroles comme il le veut. Héraclès, à qui l'appétit donne de l'esprit, finit par faire triompher son point de vue. Malgré les réticences de Poséidon, l'accord se fait enfin, et le fils d'Alcmène déclare que les dieux sont prêts à accorder à Pisétaire tout ce qu'il demande (v. 1685). Celui-ci monte donc chercher sa fiancée divine, symbole de la capitulation des dieux, et revient peu après avec elle pour célébrer sous les hourras du chœur cette théogamie finale. Alors que toutes les hiérogamies symboliques que l'on trouve dans les comédies d'Aristophane abondent en calembours et sous-entendus graveleux, les noces de Pisétaire et de Basiléia restent purement ailées, dansantes et éthérées, sans insister sur les plaisirs charnels que le héros pourra trouver dans les bras de l'épousée. Les initiations successives qui ont amené Pisétaire du stade de vieillard exilé à celui de divinité suprême semblent l'avoir réellement désincarné. L'apothéose, au sens étymologique, du héros est ainsi fêtée, le chœur faisant alors entendre un chant d'hyménée qui célèbre les noces de Zeus et d'Héra, accentuant nettement la substitution (v. 1731 sq.).

La victoire du héros est ainsi scellée, la tension aura duré jusqu'à la fin de la comédie, puisque nul ne pouvait prédire l'issue de la lutte. Bien éloigné de la bluette que l'on présente souvent en scène, *Les Oiseaux* sont une véritable comédie d'intrigue, une pièce contestataire et démesurée.

Lysistrata. — Dix années exactement séparent *Lysistrata* de *La Paix*, mais les conditions politiques ont bien changé depuis l'euphorie de 421. L'expédition de Sicile a connu, dix-huit mois auparavant, un véritable désastre, et Athènes traverse une période d'affaiblissement total. Aristophane va lancer un nouvel appel à la paix, mais s'il conseillait auparavant à la Cité de signer l'armistice quand elle était en position de force, il pense maintenant qu'il vaut encore mieux traiter avant que l'irréparable ne s'accomplisse. Dans *Les Acharniens* et *La Paix,* il ne peignait que les bienfaits de la paix : le commerce dans la première pièce, la douceur de la vie paisible dans la seconde ; de même, il va montrer dans *Lysistrata* que ce ne sont pas seulement les aspects politiques ou économiques qui sont en cause, mais aussi l'amour et la vie familiale. Faute d'avoir réussi à transmettre son message avec des hommes, il va se tourner vers les femmes pour faire entendre raison à ceux-ci. Dans *La Paix,* c'était la déesse elle-même qui régnait sur la pièce ; ici, ce sera une simple femme, Lysistrata, dénuée de tout pouvoir particulier, sans aucun contact avec la divinité. Dans cette comédie, Aristophane donne pour la première fois la parole aux femmes, et renouvelle ainsi son inspiration : les images développent de nouveaux thèmes, le grotesque disparaît presque entièrement, et si la sexualité demeure importante, voire prépondérante, elle s'exprime de façon beaucoup moins crue et ne se conçoit qu'en termes de mariage.

Le thème de la comédie est simple : les femmes de toute la Grèce vont s'unir, sous la conduite de Lysistrata, pour obliger tous les hommes de la Grèce à faire la paix. Mais *Lysistrata* n'est pas seulement construite sur cette fameuse grève conjugale des femmes qui a fait sa célébrité et assuré son passage à la postérité avec une réputation de pièce licencieuse, car cette grève n'est qu'un des deux moyens imaginés par l'héroïne pour réduire à merci les Athéniens. Selon le plan de Lysistrata, toutes les femmes de Grèce, à commencer par les Athéniennes et les Spartiates, doivent se refuser à leurs maris. Mais la mentalité des Athéniens est particulière : leur amour de la guerre est tel qu'il est devenu chez eux une véritable manie, et les Athéniennes vont être obligées de les priver non seulement des plaisirs de l'amour, mais aussi du nerf de la guerre, de l'argent. Ce sont ces deux moyens qui seront mis en œuvre dans la pièce, et qu'Aristophane entremêlera avec une grande habileté pour assurer la continuité de son action. Cette réalité de la comédie n'est cependant qu'apparente car des femmes qui envahissent l'Acropole et s'emparent du trésor de guerre des Athéniens étaient certainement aussi fabuleuses pour ces derniers qu'un bousier géant, des oiseaux bavards ou des dieux qui se soumettent à un humain. Il faut aussi noter que *Lysistrata* est la première des pièces d'Aristophane, du moins parmi celles qui nous sont parvenues, où n'apparaisse aucun personnage réel. Le mélange des deux plans ne se fait donc plus grâce à l'intrusion de personnages réels dans la fiction scénique, mais par la comparaison entre les lieux. Le spectateur a en effet devant les yeux une Acropole envahie par la troupe de femmes qui est en scène, alors qu'il peut voir au-dessus de lui la Citadelle bien réelle et inviolée. Quant au chœur, il va se diviser pour la première fois en deux demi-chœurs dissemblables, un d'hommes et un de femmes, qui se réuniront vers la fin en un chœur unique pour marquer la réconciliation entre les deux sexes. Avec *Lysistrata,* nous retrouvons un premier plan familier, puisque toute la pièce se passe à Athènes même, ainsi qu'un syllogisme à conclusion pacifiste : les hommes sont en guerre loin de leurs ménages ; les hommes sont en paix dans leurs ménages ; la guerre dans les ménages ramènera la paix à l'extérieur.

Lysistrata *(qui dissout les armées),* est la première héroïne du théâtre d'Aristophane. Elle est intelligente et inflexible face à ses adversaires ou à ses alliées hésitantes, mais pleine de charme, sensible et même coquette. Si les hommes acceptent de signer la paix et de ramener l'amour dans la famille, elle est disposée à leur rendre le pouvoir. Au début de la comédie, Lysistrata, seule en scène, se plaint du retard des femmes qu'elle a convoquées, critiquant son sexe, plus enthousiaste pour le plaisir et les futilités que pour les affaires sérieuses. Sa voisine Calonice arrive enfin : délurée et la langue bien pendue, elle va tenir durant toute la comédie le rôle du tritagoniste bouffon. Survient ensuite Myrrhine, une jeune Athénienne, qui restera d'abord en retrait, mais prendra de l'importance par la suite. En effet, Aristophane ne désire pas mettre en avant trop d'Athéniennes dans ce prologue destiné à présenter l'union de toutes les Grecques. La quatrième femme qui survient est une vigoureuse Spartiate, Lampitô, accompagnée de deux jeunes personnes, une Béotienne, lsménia, et une Corinthienne, qui sont des personnages muets. Les principales cités étant ainsi représentées par ces six femmes, trois pour Athènes et trois pour la Confédération Péloponnésienne, Lysistrata annonce sa résolution d'obliger les hommes à signer la paix, projet qui rencontre l'adhésion de toutes, et leur indique enfin le moyen qu'elle a trouvé : se refuser à leurs maris tant qu'ils n'auront pas accepté de traiter. Les autres femmes se récrient alors, mais finalement Lampitô se rend aux raisons de Lysistrata, et cette alliance des deux femmes, l'Athénienne et la Spartiate, entraîne l'accord des autres et préfigure l'harmonie finale entre les Laconiens et les Athéniens. Lampitô pense cependant que les Athéniens ne renonceront jamais à la guerre tant qu'ils auront accès à leur immense trésor de guerre enfermé dans le Parthénon (173 sq.). Lysistrata avait déjà songé à cela, et indique qu'elle avait donné l'ordre à des Athéniennes plus âgées de s'emparer au même moment de l'Acropole et de s'y barricader. Cette « armée » des femmes est en effet organisée comme celle des hommes ; ces « réservistes » sont les femmes qui ont un âge intermédiaire : elles sont trop âgées pour le service « actif », la grève de l'amour, mais pas assez pour faire partie du chœur des vieilles femmes. Cela prouve que l'union entre les femmes est vraiment totale, toutes générations et cités confondues, et confirme aussi que les femmes actuellement en scène sont plutôt jeunes, à commencer par Lysistrata. Ce serait faire un véritable contresens sur le personnage de celle-ci que de croire qu'elle demande à ses compagnes un sacrifice dont elle-même ne souffrirait nullement. L'action était donc entamée avant même le début de la comédie, ce qui montre que Lysistrata était sûre de convaincre ses futures alliées. Il y a ainsi deux actions simultanées : un plan à moyen terme valable pour toute la Grèce, réservé aux femmes jeunes et séduisantes qui sont chargées d'attiser le désir de leurs maris ; l'autre, un plan à court terme destiné aux seuls Athéniens, qui consiste à occuper l'Acropole. Les femmes sont alors convaincues, et Lysistrata leur fait prêter un serment, solennel mais burlesque, qui a trait au plan à moyen terme de la grève du sexe. Les femmes agissent à la fois sur le plan familial et sur le plan civique, la Cité étant ici considérée comme l'ensemble des cellules familiales et obéissant donc aux mêmes principes. C'est pour cela que seules les femmes mariées font cette grève, et que, paradoxalement, il n'est jamais question pour leurs maris d'aller se consoler ailleurs, auprès de courtisanes, d'esclaves ou de jeunes garçons, ni même par des plaisirs solitaires. C'est bien d'amour conjugal dont il est ici question, et les femmes savent bien que leurs maris peuvent les prendre de force, mais qu'ils n'auront aucun plaisir si elles ne participent pas de bon cœur aux rites d'Aphrodite (v. 162-166 et 225-232). Elles ont d'ailleurs du mérite à se priver de ces plaisirs puisque, d'après les Grecs, elles les appréciaient beaucoup plus que les hommes, et qu'elles sont elles-mêmes sevrées de satisfactions sexuelles depuis le début des hostilités, faute de maris, d'amants ou même de leur *olisbos* en cuir. A l'issue de ce serment, on entend une clameur au loin : les femmes viennent de s'emparer de l'Acropole. Le plan à court terme est donc réalisé : Lysistrata renvoie Lampitô chez elle pour organiser la grève conjugale à Sparte, et va rejoindre avec ses amies les femmes de la Citadelle. Le thème de la grève du sexe va en réalité être laissé de côté pendant plus de 450 vers (v. 254-705), pour que se développent les effets du plan à court terme, la prise de l'Acropole. Cela est fort logique, puisqu'il faut un certain temps pour que le désir commence vraiment à tenailler les hommes, et cet épisode correspondra à l'écoulement de cette durée.

La place est maintenant libre pour l'entrée du chœur, ou plutôt pour celle du premier demi-chœur, composé de vieux Athéniens, sans doute au nombre d'une douzaine. Ils ne sont d'ailleurs informés que de la prise de la Citadelle, et non de la grève conjugale, d'autant plus que les choreutes seront des vieillards et des vieilles femmes peu concernés par cette grève, si l'on considère qu'ils ne sont plus guère intéressés par la chose. La parodos qui suit va être double, avec l'entrée des deux demi-chœurs, et tourne rapidement à la scène de bataille, mais toujours à propos de la prise de l'Acropole : les vieillards viennent mettre le feu aux portes de la Citadelle, et les vieilles femmes veulent les en empêcher avec leurs cruches d'eau. Un Proboulos (Commissaire), accompagné d'esclaves scythes, apparaîtra ensuite, chargé de mettre au pas les rebelles qui occupent l'Acropole, sans avoir entendu parler lui non plus de cette grève du sexe qui vient d'être décrétée. Au moment où il veut forcer les portes, Lysistrata sort, bientôt escortée de ses alliées ; elles mettent en déroute les archers scythes, et Lysistrata reste face au Proboulos pour l'agôn, dans lequel elle va développer son programme et ridiculiser le magistrat. Le Proboulos et le chœur des vieillards apprennent alors seulement la raison pour laquelle les femmes s'étaient barricadées dans la Citadelle : pour mettre en sûreté le trésor, et empêcher les Athéniens de faire la guerre grâce à lui. Le Proboulos, grotesquement affublé par les femmes, s'enfuit sur la vague menace qu'il se plaindra à ses collègues, mais cette intimidation ne sera pas suivie d'effet, car l'autorité athénienne, qu'il incarnait, ne semblera jamais disposée dans la seconde partie de la comédie à utiliser la force pour mater les conjurées. Un nouvel affrontement oppose les deux demi-chœurs

(v. 614-705), et continue l'agôn entre le Proboulos et Lysistrata, tout en représentant l'écoulement d'un certain temps qui va permettre à Aristophane de passer, sans que la césure soit trop marquée, à son plan à moyen terme, la grève du sexe. La fin de cette querelle y revient d'ailleurs habilement, car la Coryphée des Femmes fait allusion à Lampitô et à Isménia, rappelant ainsi la scène du serment et ramenant l'attention du spectateur sur la grève conjugale, qui repassera au premier plan jusqu'aux scènes finales, la question du trésor de l'Acropole étant alors laissée de côté. Les épisodes qui suivent vont montrer les souffrances qu'endurent, à cause de cette chasteté obligée, les femmes aussi bien que les hommes. Les premières scènes montrent Lysistrata se désespérant de l'inconstance de ses troupes, marquée par des tentatives d'évasion narrées ou mises en scène, mais l'héroïne réussit à reprendre les femmes bien en main. L'épisode suivant va montrer les effets de cette chasteté sur les hommes, et sera l'illustration directe du serment des conjurées. Ce n'est pas Lysistrata qui en sera la protagoniste, mais Myrrhine, qui va réussir à exciter la concupiscence de son mari Cinésias. Appliquant à la lettre les recommandations de Lysistrata, la jeune femme transforme les alentours de l'Acropole en une véritable chambre à coucher, et ne se fait tant désirer que pour se dérober à chaque instant critique. Cependant, malgré le mauvais tour que lui a joué sa femme et les élancements qui l'assaillent, Cinésias continue de clamer son amour pour elle, et cela renforce le thème véritable de la pièce (en dehors de celui de la paix) : la supériorité de l'amour conjugal sur les relations sexuelles sans amour.

Les Athéniens n'ont donc réussi à forcer ni les portes de la Citadelle, ni celles du corps de leurs femmes. La progression de l'action se poursuit avec l'épisode suivant, qui montre l'arrivée d'un héraut lacédémonien, tendu par une douloureuse érection qui prouve que la grève du sexe a été aussi bien suivie à l'extérieur d'Athènes qu'à l'intérieur. Leur état ne souffre plus d'atermoiement, ni d'autre remède que la paix. Ils appellent donc Lysistrata, qui sort de la citadelle, saluée par tous ces hommes « captivés par ses charmes » (v. 1110). Elle est suivie d'une séduisante jeune femme presque nue, Diallagè elle-même, cette Réconciliation qui avait déjà été évoquée dans *Les Acharniens*. Son corps va devenir une carte de la Grèce dont les parties, plus tentantes les unes que les autres, vont faire l'objet des négociations des ambassadeurs envoûtés. Un accord sera scellé lors d'un grand banquet de réconciliation que les femmes vont leur offrir dans l'Acropole, et la comédie se termine par des danses et des chants, athéniens et laconiens, qui marquent l'harmonie générale rétablie, à la fois entre les cités et dans les ménages.

Lysistrata ressemble à Trygée par sa générosité, sa mesure, sa discrétion, et surtout par son grand dessein, mais la situation est exactement l'inverse de celle que l'on trouvait dans *La Paix*. Trygée et Lysistrata cherchaient tous deux à ramener la paix dans un but altruiste et panhellénique ; toutefois Trygée allait l'enlever dans les cieux, alors que Lysistrata, avec plus de réalisme, la cherche sur terre. De plus, Trygée, en même temps qu'elle, libérait à la barbe de Polémos l'amour, personnifié par Théôria et Opôra ; Lysistrata au contraire va enfermer l'amour dans l'Acropole et ainsi empêcher en quelque sorte les hommes de délivrer Aphrodite de cette citadelle protégée par la vierge Athèna. Lysistrata ne connaît pourtant pas la même apothéose que Trygée, ni même des honneurs exceptionnels, comme Dicéopolis ou Agoracrite, car elle préfère sagement retourner à son simple rang d'épouse.

Les Thesmophorieuses. — Les Grandes Dionysies de 411 furent célébrées en pleine révolution oligarchique des Quatre-Cents, qui firent régner la terreur à Athènes durant quelques mois, avant le retour de la démocratie. C'est dans cette atmosphère de délations, de privation des libertés et d'assassinats qu'Aristophane fit représenter *Les Thesmophorieuses,* une vaste parodie d'Euripide et de son œuvre. La traduction traditionnelle, *Les Thesmophories*, est infidèle : le titre grec signifie exactement *Les Femmes qui célèbrent les Thesmophories.* Les Thesmophories sont donc la fête religieuse et non les célébrantes. Nous ne savons rien des autres concurrents du concours ni le rang qu'Aristophane obtint. Eupolis semble avoir trouvé la mort cette année-là, peut-être au cours d'un combat naval dans l'Hellespont. Des deux pièces féminines de 411, *Lysistrata* est sans aucun doute la plus célèbre, alors que *Les Thesmophorieuses*, un véritable bijou, sont peut-être la comédie la plus moderne du poète. La satire et la parodie littéraires forment l'essentiel de l'intrigue, rigoureusement charpentée avec ses péripéties et son suspense, et portent sur Euripide et ses épigones, mais sans méchanceté ; le personnage principal de la comédie n'est du reste pas Euripide, mais son parent par alliance, Mnésiloque : on rit parfois des malheurs de celui-ci, mais souvent aussi on rit avec lui. Il forme un véritable couple comique avec Euripide, dont les deux membres sont ridicules, les Laurel et Hardy du Ve siècle en quelque sorte : Euripide n'est qu'une baudruche et Mnésiloque qu'un balourd. La pièce contient deux actions qui concernent les mêmes personnages, mais qui sont bien distinctes : dans la première partie, il est question du salut d'Euripide, alors que par la suite, et jusqu'à la fin de la pièce, l'action sera centrée sur le sauvetage de Mnésiloque. L'action elle-même est paratragique, et l'intrigue se noue même en pleine crise. Le chœur des femmes est hostile de bout en bout, et les personnages secondaires sont des invertis, des mégères, des représentants bornés de l'ordre athénien. Nous n'avons plus ici le motif du rajeunissement mais celui du travestissement : Mnésiloque se transforme d'abord en femme, puis en héros et héroïnes tragiques, et Euripide en héros tragiques ou en nymphe, puis en vieille femme. Dans *Lysistrata*, les images sexuelles étaient des images d'unions hétérosexuelles saines et régénératrices, alors que dans *Les Thesmophorieuses*, elles sont aussi abondantes, mais presque toutes tournées vers l'homosexualité.

Les Thesmophorieuses développent également le procédé du théâtre dans le théâtre que nous avons déjà rencontré dans *Les Acharniens* avec Dicéopolis-Télèphe. Agathon prend ici le rôle qu'Euripide tenait dans cette première comédie, alors que ce dernier endosse en quelque sorte celui qu'avait Dicéopolis, ironie et succès mis à part. Le sorite de départ ne se trouve qu'en filigrane dans la comédie : ce sont mes créations tragiques qui m'attirent, à moi Euripide, ces ennuis ; je ne puis les résoudre que grâce à une nouvelle création ; mon Parent accepte de m'aider ; faisons de mon Parent une de mes créations tragiques ! Euripide et Mnésiloque vont donc se succéder dans la peau des héros et héroïnes du poète qui assumaient la fiction tragique sur cette même scène une ou plusieurs années auparavant. Cependant, nul n'étant jamais aussi mal servi que par soi-même, tous ces personnages joués par leur propre créateur, ou sur ses indications, échoueront lamentablement ; ils prennent alors une certaine réalité du second degré par rapport à leurs caricatures qui sont portées sur scène.

Dans la première scène, Mnésiloque, le héros de la pièce, ignore pour quelles raisons Euripide le traîne à sa suite à travers Athènes. Celui-ci ne répond à ses questions que par des sophismes qui dépassent largement l'entendement de son parent. Il finit pourtant par avouer qu'il est à la recherche d'Agathon, puis qu'il est menacé par les femmes qui se réunissent ce jour même au Thesmophorion : elles ont décidé sa mort parce qu'il ne cesse de dire du mal d'elles dans ses tragédies. Il a donc l'intention de demander à Agathon de se déguiser en femme et d'aller au milieu d'elles les espionner et prendre sa défense. Cette menace et ce complot bien réels, quoique comiques, sont à peu près la seule référence à la situation dramatique que vit Athènes. Quand les deux hommes arrivent devant la porte d'Agathon, celle-ci s'ouvre sur son serviteur, dont le style pompeux caricature déjà celui de son maître. Ce dernier sort enfin par l'eccyclème, vêtu d'une crocote (sorte de robe longue couleur safran que portent les femmes élégantes) et paré d'ornements féminins. La scène qui suit est une parodie de la poésie ampoulée de ce tragique, si suave et efféminé qu'il attire les remarques égrillardes de Mnésiloque. Agathon ne cherche d'ailleurs pas à nier ni à excuser son côté féminin car, selon sa propre théorie, le raffinement de son équipage et de son comportement correspond à celui de son théâtre : tel est le poète, telle sera son œuvre. Durant toute cette scène, Mnésiloque continue d'interrompre Agathon par des remarques obscènes, comme il l'avait fait avec le Serviteur. Après la dérobade d'Agathon, Mnésiloque se propose pour aider Euripide, qui va alors le transformer en femme en lui coupant la barbe et en l'épilant à chaud. Pour s'intégrer à l'esprit de la tragédie émasculée de l'époque, Mnésiloque doit renoncer à sa pilosité. Il est en effet fort velu et barbu à l'instar d'Euripide, alors qu'Agathon est glabre, sa maison étant remplie de rasoirs, entre autres accessoires de toilette féminins. Cette longue scène de transformation de Mnésiloque est du plus pur burlesque, renforcé par les plaintes de la malheureuse victime. La transformation de ce vieillard hirsute en femme revient après tout à créer un personnage, et Euripide est expert en la matière puisque c'est le sort courant des acteurs de l'époque. Cela fait, Euripide disparaît après avoir promis à son parent de venir à son secours si l'affaire tournait mal. Les tentatives de sauvetage de Mnésiloque dans la seconde partie de la pièce sont donc annoncées directement par cette promesse d'Euripide, qui laisse évidemment présager que rien n'ira comme prévu. Nous retrouvons en effet ce qui se passait dans *Les Acharniens*, où, dans une parodie de la même pièce d'Euripide, le *Télèphe*, Dicéopolis venait emprunter les haillons d'Euripide pour pouvoir plaider sa cause devant ses ennemis. Malheureusement, Mnésiloque n'est pas un héros, mais un anti-héros, un personnage passif, une cire molle, qui n'est guidé que par son émouvant dévouement. La suite montrera qu'il est effectivement plus fidèle et loyal qu'habile et apte à faire un bon avocat. Agathon rentre chez lui par l'eccyclème, le décor change, et Mnésiloque se dirige vers le Thesmophorion rejoindre le chœur des Femmes qui fait une entrée informelle silencieuse en se répandant dans l'orchestra pour une parodie d'Assemblée du peuple, qui rappelle, là encore, celle des *Acharniens*, mais tenue par des femmes. Deux d'entre elles prononcent successivement de violentes diatribes contre l'auteur de *Phèdre*. Les femmes qui apparaissent dans *Les Thesmophorieuses* manquent singulièrement de charme, n'ont pas les qualités qui rachetaient les quelques défauts des conjurées de *Lysistrata*, peut-être un peu trop portées sur les plaisirs de la chair et de la boisson. Elles ne reprochent pas à Euripide de les calomnier, mais simplement de dévoiler leurs tours à leurs maris. Aristophane ne les présente donc pas comme des victimes innocentes d'Euripide, mais il ne défendra pas vraiment non plus celui-ci. Mnésiloque prend alors la parole, en parlant toujours comme une femme, mais son étrange plaidoyer en faveur d'Euripide provoque la colère et les soupçons des Thesmophorieuses qui se mettent à injurier cette vieillarde traîtresse, et la scène dégénère en une empoignade où Mnésiloque donne et reçoit de nombreux horions. Clisthène, l'inverti notoire, arrive alors, habillé en femme selon son habitude, et provoque une péripétie en dénonçant le stratagème d'Euripide. L'auteur de cette indiscrétion est sans doute Euripide lui-même, et, critique implicitement Aristophane, c'est encore une fois son bavardage qui sera la cause de sa perte, doublée ici de celle de son malheureux parent. A partir de ce moment, l'action de la pièce évolue et va passer du salut d'Euripide à celui de Mnésiloque. Ce dernier est rapidement démasqué, et Clisthène le fait mettre sous bonne garde tandis qu'il se précipite pour aller raconter aux prytanes ce sacrilège, passible de la peine capitale. Une nouvelle péripétie se produit alors : Mnésiloque s'empare de l'enfant de la Première Femme, Mica. Cette péripétie est exactement la même que celle que l'on trouvait dans *Les Acharniens*, où Dicéopolis, pour imposer silence au chœur, s'emparait d'un sac de charbon ; cela n'a d'ailleurs rien de surprenant puisque c'est toujours la même tragédie d'Euripide, le *Télèphe*, qui est parodiée. Cette prise d'otage tourne court, car on s'aperçoit rapidement que ce bébé n'est en réalité qu'une outre de vin camouflée ; mais le vieillard n'est jamais à court d'expédients, et il commence déjà à imaginer une nouvelle ruse, afin d'appeler Euripide à son secours, ne mettant pas un instant en doute, et avec raison, que le poète tiendra parole et cherchera à le tirer d'affaire.

La série de parodies de pièces d'Euripide intégrées à l'action commence alors. C'est tout d'abord le *Palamède* qui est utilisé, et Mnésiloque jette « à la mer » des tablettes votives, en espérant qu'elles parviendront au poète. C'est alors que se situe la brève parabase où les femmes auraient dû montrer qu'Euripide les calomniait, mais Aristophane ne cherche pas ici à les rendre sympathiques. A l'issue de cette parabase, nous retrouvons le héros dans la même position, guettant toujours les résultats de cette première tentative d'appel à l'aide, qui n'en donnera finalement aucun. Le vieillard, qui ne manque pas d'idées, tente immédiatement une autre incarnation, en rentrant dans la peau du personnage d'Hélène, dans l'espoir qu'Euripide apparaîtra en Ménélas. Celui-ci arrive effectivement ainsi déguisé, mais cette tentative est aussi un échec, car le jeu paratragique des deux hommes semble pures élucubrations à l'ignare Critylla, la Seconde Femme, qui surveille Mnésiloque. Euripide doit s'enfuir car arrive un Prytane, escorté d'un Archer scythe. Le magistrat fait attacher Mnésiloque au carcan et le confie à la garde du sbire, aussi obtus que Critylla. Mnésiloque choisit alors une autre incarnation, Andromède, ce qui provoque une fois de plus la venue d'Euripide, d'abord en nymphe Écho, puis en Persée. Là encore, c'est un échec : si le garde est prêt à admettre l'incompréhensible passion d'Euripide-Persée pour ce vieillard et à l'autoriser à satisfaire ses fantasmes, il refuse de délier Mnésiloque, et Euripide s'enfuit sous la menace du fouet. Les créations du Tragique ont donc montré leur stérilité, vis-à-vis des hommes aussi bien que des femmes, et Mnésiloque commence à s'alarmer. Il ne s'agit pas ici d'une véritable critique de l'art d'Euripide, mais de la constatation qu'il ne peut, selon Aristophane, toucher le peuple. Le poète, à court de ressources, décide de faire la paix avec le chœur des Femmes, ce qu'il obtient très facilement : elles acceptent de lui laisser la vie à condition qu'il cesse de dire du mal d'elles.

La menace qui pesait sur le Tragique au début de la pièce est donc levée, mais cela ne suffit pas à assurer la sauvegarde de Mnésiloque, qui ne dépend plus des femmes mais de l'autorité athénienne. Pour sauver Mnésiloque, Euripide doit donc délaisser la Tragédie pour essayer la Comédie. Le dernier retournement montre une ironie certaine, qui oblige le grand misogyne à se déguiser en vieille femme et à avoir recours à une représentante de ce sexe maudit pour se tirer d'affaire. En effet, il doit, en désespoir de cause, se déguiser en maquerelle et livrer à la lubricité de l'Archer une petite danseuse complaisante qui le distrait de son devoir en se laissant entraîner à l'écart : il délivre alors Mnésiloque et s'enfuit avec lui. La pièce s'achève par une exodos très brève : l'Archer furieux pourchasse les fuyards dans la mauvaise direction, suivant la fausse piste que lui indique la Coryphée qui commence d'appliquer l'accord passé avec Euripide.

Les Thesmophorieuses sont, comme *Les Nuées*, une comédie des échecs. Ce n'est pas tant la faute de Mnésiloque, malgré son manque de diplomatie, mais d'Euripide lui-même : ses personnages ne peuvent, selon Aristophane, pas plus réussir dans la vie « réelle » que dans leur contexte tragique.

Les Grenouilles. — En 407-406, le spartiate Lysandre remporte une victoire à Notion, Alcibiade, qui était rentré à Athènes, repart vers un nouvel exil, et Euripide meurt à Pella, en Macédoine, où il s'était rendu sur l'invitation du roi Archélaos, suivi par Agathon. En hommage au poète disparu, Sophocle, son chœur et ses acteurs, se présentèrent, dit-on, en habits de deuil au proagôn du concours. En 406-405, Sophocle meurt à son tour. La célèbre bataille navale des Arginuses, en face de Mytilène, a lieu au cours de l'été 406 : Athènes, dans une situation dramatique, avait envoyé une flotte composée d'hommes libres et d'esclaves. Ce fut un succès et les esclaves qui avaient combattu furent libérés. En revanche, les corps des soldats morts n'ayant pu être recueillis à cause d'une tempête, les généraux vainqueurs furent condamnés à la peine capitale, à l'issue d'un procès fameux. Aristophane l'évoque plusieurs fois dans la pièce, surtout dans la parabase, et le rôle important de l'esclave Xanthias, qui n'a plus rien à voir avec ses prédécesseurs, est aussi en rapport avec cet événement.

En 405, dans une des pires périodes que connut Athènes, Aristophane remporte la victoire aux Lénéennes avec *Les Grenouilles*, mises en scène par

Philonidès, devant *Les Muses* de Phrynichos et *Cléophon* de Platon le comique. Euripide le jeune fait représenter la trilogie posthume de son père, *Iphigénie à Aulis, Alcméon à Corinthe,* et *Les Bacchantes*, qui remporte le premier prix.

Les Grenouilles sont l'une des deux seules comédies conservées d'Aristophane qui ne se passent pas à Athènes, bien qu'il soit sans cesse question des affaires de la Cité, directement ou indirectement, L'action se situe toujours dans l'au-delà, et les seuls personnages qui pourraient introduire la réalité quotidienne dans la fiction scénique, Eschyle et Euripide, sont déjà morts, et donc en dehors de cette réalité. Il n'y a même pas de défilé de fâcheux pour amener sur scène quelques Athéniens plus ou moins connus. Le mélange entre les deux plans se fera seulement de manière diffuse, bien que limpide, avec les enfers au premier plan et Athènes à l'arrière-plan. Le syllogisme de départ aboutit à une conclusion plutôt optimiste, malgré sa majeure pessimiste, mais il n'est pas certain qu'Aristophane pouvait encore y croire vraiment lui-même : la culture athénienne est morte avec ses grands poètes ; Dionysos peut ramener des enfers le plus grand poète d'Athènes ; celui-ci pourra faire revivre la culture athénienne.

Au début des *Grenouilles,* entrent en scène deux personnages : le dieu Dionysos, vêtu d'une crocote, qui figure l'amour de Dionysos pour la poésie efféminée que va symboliser Euripide, chaussé du cothurne, symbole de la Tragédie, qui constituera l'essentiel de la seconde partie, et muni de la massue et de la peau de lion d'Héraclès, qui joueront un grand rôle dans toutes les scènes de substitution de la première partie de la pièce. L'Ancienne Comédie exploitait surtout les nombreux défauts de Dionysos : débauche, gloutonnerie, ivrognerie, couardise. Il est du reste, avec Euripide, l'un des caractères favoris d'Aristophane : il apparaît dès sa deuxième comédie, *Les Babyloniens,* et jusqu'à la fin – ou presque – de la carrière du poète, puisque quelques années après *Les Grenouilles,* il redescendra peut-être chez Hadès, dans *Le Gérytadès*. Il est accompagné de son esclave, Xanthias, qui présente les caractéristiques principales du valet de comédie, notamment la finesse et la ruse face aux exigences du maître.

Dès le début, la pièce est placée sous le signe du Théâtre : le refus de Dionysos de laisser Xanthias prononcer les basses plaisanteries habituelles des autres auteurs comiques indique déjà une ébauche de spéculation sur l'art de la Comédie, alors que dans la seconde partie, il devra juger entre les tragédies d'Eschyle et celles d'Euripide. Tout en parlant, les deux personnages sont arrivés devant la porte d'Héraclès, qui éclate de rire en voyant l'accoutrement de son demi-frère. Les questions que pose Héraclès sur les successeurs du poète sont déjà une annonce de la seconde partie, où sera étudié le rang que mérite Euripide parmi les Tragiques. Dionysos annonce qu'il a décidé de descendre aux enfers pour en ramener Euripide qui vient de mourir. Héraclès indique alors le chemin et les diverses étapes du voyage ; il n'y aura ainsi que peu de surprises pour le spectateur, puisque sont successivement annoncés le trajet, le lac sans fond, la traversée dans la barque de Charon, les monstres (l'épisode d'Empuse), le chœur des Initiés, et enfin l'arrivée aux portes d'Hadès. Cette description a un peu effrayé Xanthias qui supplie son maître de le laisser et de prendre quelqu'un d'autre pour porter ses bagages. Un mort arrive avec son convoi funèbre, mais comme Dionysos ne peut s'empêcher de marchander, le Mort s'en va sur cette sèche réplique : « Plutôt revivre ! ». Ce refus provoque la décision de l'esclave d'accompagner son maître. Pendant que l'esclave fera le tour du lac infernal, Dionysos va s'embarquer avec Charon et se trouver opposé au chœur des Grenouilles, ce qui provoque le premier agôn de la comédie entre le dieu et ces grenouillescygnes dont le chant lui est insupportable, scandé qu'il est par le célèbre refrain *brékékékex koax koax*. L'arrivée sur le territoire d'Hadès, où Dionysos retrouve Xanthias, permet de développer l'opposition entre l'esclave et l'homme libre, le mortel et le dieu. C'est alors la parodos du chœur des Initiés (ou Mystes), des morts qui ont été initiés, quand ils étaient vivants, aux Mystères d'Éleusis, et mènent donc une vie bienheureuse dans l'Hadès. Ce chœur n'est nullement comique : la beauté et la sérénité de ses chants sont une musique mystique, dans tous les sens du terme, comme le chœur lui-même le précise en faisant référence aux rites secrets des Mystères ; de même, la lumière de leurs torches sera la première clarté qui illuminera ce monde de la pénombre.

Les Initiés ont finalement conduit Dionysos et son esclave devant le palais de Pluton. Quand il frappe à la porte, Dionysos s'annonce comme « le puissant Héraclès », mais l'irruption furieuse d'Éaque déclenche chez le dieu une peur panique. Éaque, le juge des enfers, est dans la comédie le portier d'Hadès et le gardien de Cerbère, enlevé par Héraclès. Il agonise donc Dionysos-Héraclès d'injures et part chercher du renfort. Dionysos propose à Xanthias d'échanger leurs costumes puisqu'il se prétend plus courageux que lui. En fait, c'est un esclave de Perséphone qui ressort et l'invite à une partie fine. Dionysos s'empresse d'exiger que son esclave lui rende les attributs d'Héraclès ; mais la porte se rouvre alors sur deux tenancières furieuses : le fils d'Alcmène était en effet parti sans payer sa note dans une auberge et les deux femmes partent chercher Cléon pour se faire dédommager. Dionysos recommence aussitôt de supplier Xanthias, et même de s'humilier devant lui, et celui-ci reprend, avec beaucoup de panache, le costume d'Héraclès, pour recevoir l'assaut d'Éaque qui revient avec trois esclaves afin de châtier le ravisseur de Cerbère. Le dieu montre alors sa sournoiserie et sa duplicité : pour se concilier les bonnes grâces d'Éaque, il lui recommande de ne pas ménager le pseudo-Héraclès. Mais Xanthias offre, comme témoignage de sa bonne foi, de faire torturer son esclave, c'est-à-dire Dionysos. Devant les menaces d'Éaque, Dionysos, qui n'avait pas encore révélé son identité véritable, tente de se faire reconnaître mais le portier des enfers ne réussit pas à savoir qui est l'esclave, qui est le dieu. Xanthias propose de les soumettre tous deux à l'épreuve des coups. Suit alors une scène de flagellation *apparemment* classique de farce mégarienne. Les deux personnages ressentent douloureusement les coups de fouet que leur donne tour à tour Éaque, mais ils tentent de faire bonne figure et dissimulent leurs cris de douleur sous des plaisanteries. Éaque, ne réussissant pas à les départager de cette façon, décide donc de s'en remettre aux spécialistes que sont Pluton et Perséphone, et ainsi la première partie de la comédie s'achève par une sorte de retour aux sources de la Comédie Attique, avec cette scène de farce mégarienne, qu'Aristophane se défendait de jamais présenter dans ses comédies. Néanmoins, cette flagellation va plus loin qu'elle n'en a l'air, car elle annonce en fait sous forme comique la mise à la question que subiront plus loin Eschyle et Euripide et la décision finale que seul un dieu pourra prendre. C'est le même verbe, *basanizeîn, éprouver, soumettre à la question* (interrogation et torture), qui est à chaque fois utilisé, et de façon parallèle : cinq fois dans ce passage et cinq fois dans l'agôn (v. 616, 618, 625, 629, 642, et 802, 1119, 1121, 1123, 1367). Cette scène est donc d'une importance capitale dans la pièce, mais aussi dans l'histoire du théâtre, car, pour autant que nous le sachions, c'est la première fois que le maître reçoit des coups par la faute de son esclave, comme dans *Les Fourberies de Scapin*.

La parabase qui suit ramène le thème de l'opposition esclave/homme libre avec les allusions à l'affranchissement des esclaves qui avaient combattu à la bataille des Arginuses. La seconde partie de la comédie s'ouvre sur un nouveau prologue, une discussion entre Xanthias et Éaque qui rappelle les scènes d'exposition habituelles entre deux esclaves, et ils disparaîtront du reste définitivement ensuite. On apprend que dès sa descente dans l'Hadès, Euripide, soutenu par « les tire-laine, les coupeurs de bourses, les parricides et les cambrioleurs » des enfers, a prétendu occuper le trône de la Tragédie, où siégeait déjà Eschyle. Cette question a divisé les foules infernales et plongé les enfers dans une agitation aussi extrême qu'inaccoutumée. Dionysos, qui a entre-temps été reconnu comme dieu, a été nommé par Hadès arbitre de ce débat littéraire ; il retrouve ainsi sa personnalité et toutes ses attributions de dieu des festivals dramatiques.

L'immense agôn de 720 vers entre Eschyle et Euripide occupe presque toute la seconde partie de la comédie et nous apprend autant sur Dionysos et sur Aristophane lui-même que sur les deux antagonistes. Eschyle, mort depuis une cinquantaine d'années, est reconnu comme le plus grand des Tragiques et l'incarnation de la glorieuse génération des vainqueurs des Perses ; Euripide, lui, est un contemporain dont les œuvres, diversement appréciées, sont encore fraîches dans l'esprit du public. Dionysos va jouer son rôle d'arbitre avec une impartialité louable, mais seulement apparente, sans jamais sombrer dans le ridicule des tritagonistes habituels. Il applaudit tour à tour les interventions des deux poètes dans les cinq parties du débat : critique des intrigues et des intentions du poète, prologues, chants choraux, poids poétique des vers, et enfin impact des sentences du poète sur la Cité. En fait, Dionysos traite Eschyle avec respect et Euripide avec familiarité ; de plus, dans les cinq parties de l'agôn, c'est toujours Eschyle qui parle en second, avantage rhétorique indiscutable, et l'on peut dire qu'Aristophane, sinon Dionysos, avait déjà tranché avant même le début de l'affrontement. Euripide a certes quelques répliques adroites et attaque des aspects démodés de son rival, mais les critiques que fait Eschyle sont plus amusantes, malgré son caractère bourru, que celles d'Euripide, notamment avec le cocasse « ... a perdu une burette » qu'il rajoute à la fin de chaque prologue d'Euripide pour montrer qu'ils sortent tous du même moule. Le jugement de Dionysos reposera en définitive sur un critère subjectif et non littéraire. Choisir finalement Eschyle ne représente pas une incohérence par rapport à l'idée de départ, le désir de Dionysos de ramener Euripide des enfers, mais une remise en ordre de la hiérarchie tragique : Eschyle, Sophocle puis Euripide. Il y a donc dans *Les Grenouilles* deux sortes de Mystères qui se rejoignent, ceux de Dèmeter et ceux du Théâtre. Cette dualité s'incarne dans Dionysos, dieu du Théâtre initié aux Mystères de Dèmeter. C'est lui qui sert de lien entre Athènes et les enfers, et qui fait retourner à la lumière la culture athénienne en la personne d'Eschyle l'éleusinien.

Les Grenouilles sont souvent considérées comme la dernière des pièces de l'Ancienne Comédie ; en fait, elles sont plutôt une « tragédie dans une forme comique », comme le dit C. H. Whitman (*Aristophanes and the comic hero,* p. 231), et Dionysos apparaît comme un héros aristophanien extrêmement original car il possède en lui des résonances beaucoup plus profondes et une indéniable dimension tragique. Le fait de ramener Eschyle à la lumière contient des implications très sombres. Si, malgré son apparente victoire, Dionysos ne réussit pas à transcender la société athénienne, ce n'est pas parce qu'il en est incapable, mais parce que, comme le remarque bien C. H. Whitman (*ibid.*, p. 229) : « Pour qu'un héros transcende une société, il doit non seulement y avoir une vision héroïque, mais aussi une société à transcender. » Selon Aristophane, Athènes était tombée dans une telle déliquescence que même un héros comique ne pouvait plus rien pour elle.

Effectivement, dès l'année suivante, en 404, la flotte et l'armée athéniennes furent détruites à Aegos Potamos par l'escadre du Spartiate Lysandre. Assiégée, décimée par la famine, Athènes capitula et Sparte installa le gouvernement des Trente tyrans, dirigé par Critias. Les concours dramatiques furent suspendus (Antiphane, un des plus célèbres poètes de la comédie dite « moyenne », naquit cette même année). En 403, Athènes connut la guerre civile ; le Pirée fut occupé par Thrasybule et Critias trouva la mort. La démocratie fut restaurée et une amnistie générale décrétée, sauf pour les Trente. En 401, date de la bataille de Cunaxa, Sophocle le jeune fit représenter la tragédie posthume de son grand-père, *Œdipe à Colone*, qui remporta le premier prix. En 399, Athènes est toujours très affaiblie et appauvrie ; la disette est installée pour de nombreuses années ; c'est le procès et la condamnation à mort de Socrate.

III. — **Les dernières comédies**

Une quinzaine d'années s'est écoulée et nous sommes face à une autre Athènes, presque à un autre monde et, pour la comédie, à un autre genre. Après *Les Grenouilles*, Aristophane semble abandonner définitivement le procédé qui consistait a introduire en scène des personnages réels, car les deux dernières comédies conservées n'utiliseront plus que de pures créations. Les deux dernières comédies d'Aristophane, les seules que nous ayons conservées de tout le IVe siècle, présentent entre elles de nombreux points communs qui les différencient des pièces du siècle précédent : diminution du rôle joué par le chœur dans l'action, chants choraux indiqués seulement dans le texte et devenant de purs intermèdes, anonymat de beaucoup de personnages. De même, tout se passe dorénavant dans, ou devant des domiciles privés, sans substitution métonymique entre maison particulière et ensemble de la Cité. Les hauts lieux de la politique athénienne ne sont plus montrés : il y est seulement fait référence.

Les Femmes à l'Assemblée. — *Les Femmes à l'Assemblée*, furent représentées en 392 ou, plus probablement, en 391, sans doute aux Lénéennes. Aucune didascalie ne nous est parvenue et nous ignorons donc tout du concours où elles furent représentées et du rang obtenu. La traduction française traditionnelle du titre par *L'Assemblée des Femmes*, est un véritable contresens. Le titre grec signifie exactement les *Femmes qui participent à l'Assemblée.* Il s'agit d'une Assemblée normale des citoyens (donc théoriquement réservée aux hommes) et non d'une Assemblée féminine (qualificatif que l'on pourrait à la rigueur appliquer à celle des *Thesmophorieuses*). Les femmes, déguisées en hommes, se contentent de s'y glisser pour faire passer un décret qui leur donne le pouvoir.

Ce qu'il y a de plus frappant dans *Les Femmes à l'Assemblée*, c'est sa structure toute nouvelle : l'action progresse de façon très « classique » jusqu'au vers 580, mais à partir de ce moment-là l'héroïne et les personnages principaux disparaissent pour laisser la place à des personnages secondaires qui évolueront dans des scènes totalement autonomes, qui ne seront pour une fois que la simple illustration d'une action achevée en fait dès la fin de l'Assemblée. La cause est ainsi entendue dès que l'héroïne se réjouit que tout soit terminé et se soit bien passé comme espéré (v. 504-505). Le thème de cette pièce est une satire d'un certain collectivisme, peut-être « dans le vent », dont on trouve un écho dans le livre V de *La République* de Platon. Aristophane ne cherche pas à développer, même de façon comique, les implications sérieuses de ces pratiques collectivistes, mais uniquement leurs possibilités burlesques : il ne rit pas avec ses personnages, il rit d'eux. Il s'agit bien ici, comme dans *Lysistrata*, d'une *gynécocratie,* mais les femmes ne se contenteront pas cette fois de tout remettre en ordre puis de rentrer chez elles : au contraire, elles s'emparent du pouvoir tout à fait légalement, mais par la ruse, l'arme favorite des femmes, et elles le gardent pour le meilleur et pour le pire, le pire seul étant mis en scène dans cette comédie. Le syllogisme de départ existe toujours : le sexe masculin est au pouvoir ; tout va mal ; donnons le pouvoir au sexe opposé, et tout ira bien ! Cependant, le résultat de ce bouleversement n'est guère poussé jusqu'à ses conséquences extrêmes, ce qui est aussi une différence par rapport aux comédies précédentes. La critique est amère et utilise un langage d'une crudité jusqu'alors inconnue dans les comédies d'Aristophane, à tel point que la scatologie devient un des thèmes dominants. Toutes les plaisanteries graveleuses sont extrêmement crues et précises, sans que des euphémismes, des métaphores ou des équivoques viennent les tempérer comme dans les comédies précédentes.

Le début de la comédie semble pourtant nous ramener vingt ans en arrière, à *Lysistrata* et aux *Thesmophorieuses.* En effet, l'héroïne, Praxagora *(qui agit sur l'Agora)*, se trouve seule en scène à l'aube, comme Lysistrata, attendant ses amies afin d'exécuter un complot préparé lors des Sciries, fête féminine dédiée à Dèmèter et à Perséphone et interdite aux hommes comme les Thesmophories : voyant que tout allait mal, elles ont décidé de prendre le pouvoir par une sorte de coup d'État constitutionnel. Cette comédie inverse donc la donnée des *Thesmophorieuses,* où des hommes se déguisaient en femmes, car celles-ci, qui arrivent par petits groupes, se sont efforcées de faire disparaître toutes leurs caractéristiques féminines (joues lisses, voix fluettes, démarche, appas, manières et tics) pour pouvoir aller voter à l'Assemblée vêtues des effets de leurs maris ; elles tenteront aussi d'acquérir le teint hâlé des hommes grâce au bronzage, et la pilosité virile en jetant leurs rasoirs et en se munissant de barbes postiches. Tous ces artifices ne serviront pourtant qu'à mettre en évidence leur nature féminine ; de même, leurs maris, ne trouvant plus leurs vêtements, devront endosser ceux de leurs femmes, mais cela n'aura pour effet que de faire ressortir leur virilité, comme cela avait été le cas pour Mnésiloque dans *Les Thesmophorieuses.* La « répétition générale en costumes » des discours qu'elles devront tenir est désastreuse, car elles ne peuvent s'empêcher de laisser transparaître les penchants de leur sexe. Seule l'héroïne saura, en fin de compte, faire preuve d'habileté et de virilité, ce qui lui permettra de mener à bien l'entreprise. C'est à ce moment-là seulement que les femmes choisissent de la prendre pour « stratège ». Elles partent alors toutes pour l'Assemblée. Le chœur n'a pas grand-chose à faire tout au long de la comédie : il n'a pas de véritable parodos, pas de parabase, et pratiquement pas de chants lyriques, ceux de la seconde partie étant assurés par les chansons des personnages secondaires. Même l'action principale du chœur, la prise du pouvoir à l'Assemblée, se fait hors scène. Ainsi, c'est l'activité du chœur qui a lieu hors scène pendant que les personnages sont en action, alors qu'auparavant l'action engagée se poursuivait hors scène, durant un passage choral. L'activité du chœur semble ainsi se concentrer sur les endroits marqués ΧΟΡΟΥ *(du chœur)* dans les manuscrits, ce qui semble indiquer qu'il dansait seulement, qu'il chantait des couplets qui n'étaient pas liés à la pièce, ou que les éditeurs byzantins, habitués à la Nouvelle Comédie, ont inséré cette annotation en pensant qu'il devait y avoir un intermède à la fin d'une scène ou d'un « acte ».

Le premier épisode introduit Blépyros, le mari de Praxagora (cette comédie est d'ailleurs la seule où un mari et une femme se trouvent en scène avec des rôles pratiquement aussi importants l'un que l'autre). Blépyros est un vieil Athénien, nettement plus âgé que sa femme. Il semble d'ailleurs craindre cette différence d'âge puisqu'il la soupçonne d'aller rejoindre des amants en cachette. Sa première scène est purement scatologique, de même que celle qui va suivre, une conversation avec son voisin. Un autre de ses amis survient ensuite, Chrémès, un vieillard flegmatique. Ayant assisté à la fameuse assemblée, il en raconte tous les détails et annonce que le pouvoir a été livré aux femmes. Dès son retour, Praxagora révèle son nouvel état de « stratège » et commence à expliquer son plan de rénovation de la Cité. Sur les 137 vers de cet exposé, la moitié est consacrée à la mise en commun des biens, et l'autre aux licences sexuelles ; or, cette proportion ne sera pas respectée dans la démonstration par les faits puisque les implications sexuelles seront deux fois plus développées. L'agôn est sans véritable tension : Blépyros se contente de poser des questions et de faire des plaisanteries, sans porter la contradiction sur le plan politique ou économique. Quand on lui promet que les vieux et les laids auront la priorité pour avoir les bons morceaux à table et au lit, il se rallie avec enthousiasme au nouveau gouvernement. Une fois son mari convaincu, et à travers lui les hommes d'Athènes, Praxagora disparaît (v. 727) pour ne plus revenir. Elle avait déjà quitté la scène entre les vers 284 et 504, et n'apparaît ainsi que pendant un peu plus de 500 vers. Cette diminution du rôle du protagoniste dans les comédies du IVe siècle était compensée par le développement des personnages secondaires, souvent anonymes.

La scène suivante oppose Chrémès, qui représente ici le citoyen discipliné, à un Sceptique. Dans une amusante procession, Chrémès dispose tous les objets de son intérieur pour les remettre à la communauté, comme l'exige la loi nouvelle. Survient alors un de ses concitoyens qui cherche à lui démontrer qu'il est stupide d'obtempérer, ce qui donne lieu à une scène très originale de comédie de caractères. Ils sont interrompus par une Femme-Héraut qui appelle les hommes au banquet offert par le nouveau gouvernement. Le Sceptique cherche alors comment s'y rendre sans remettre ses biens à la communauté, mais nous ne savons pas s'il réussira puisque ces deux hommes n'apparaîtront plus par la suite.

Les réformes que propose Praxagora se résument en fait à laisser tous les citoyens – car cette société idéale fonctionnera naturellement grâce aux esclaves – faire bombance et se livrer à toutes leurs fantaisies érotiques, en suivant un ordre des préséances aberrant. C'est cette liberté sexuelle qui envahit la seconde partie de la comédie. A la suite de la permutation des rôles, les hommes vont devenir des objets sexuels pour les femmes ; en fait, les données de l'intrigue indiquent que les vieux, hommes ou femmes, ont priorité pour choisir leurs partenaires, mais c'est uniquement la donnée vieilles femmes - jeune homme qui est exploitée ici, étant naturellement beaucoup plus originale et comique. Aucun des personnages de cet épisode n'était apparu ou n'avait été annoncé auparavant. Cette scène, la plus longue de la pièce (v. 877-1111), est très grossière, mais amusante et habilement construite. Là encore, il n'est pas question de saines amours mais de fornications, et même le « duo d'amour » entre les deux jeunes gens (le premier du genre que nous possédions) n'est qu'une parodie pleine de sous-entendus très crus. Cette scène se décompose en trois parties : la dispute de la Jeune Fille et de la Première Vieille, le « duo d'amour », et la querelle des trois vieilles. La Jeune Fille n'est certes pas une innocente enfant, comme le montrent son langage et son attitude. Les deux femmes commencent par filer chacune un couplet : la vieille chante l'expérience et la fidélité des femmes mûres, la jeune les attraits des corps tendres et voluptueux. Chacune répond ensuite à l'autre par un couplet extrêmement obscène. La parodie de duo d'amour reste euphémique, mais l'épisode avec les trois vieilles redevient très grossier. Ce passage représente l'application directe du décret de Praxagora, et la plupart des obscénités sont des reprises de celles qui avaient été dites plus haut à cette occasion. Les seules plaisanteries originales sont faites par le Jeune Homme, qui est le personnage le plus sympathique et finalement la principale victime de ces lois antinaturelles, car le malheureux devra certainement honorer les deux vieilles les plus horribles (v. 1095-1111).

La dernière scène, enfin, ramène au fameux banquet promis par les femmes : une servante, plutôt ivre, vient demander à Blépyros de s'y rendre. Cette exodos n'est remarquable que par la dernière tirade de la Domestique qui énonce le menu complet du festin en un seul mot – sans doute le plus long du théâtre mondial, puisqu'il ne compte pas moins de 170 lettres (nombre qui varie un peu selon les manuscrits). Le chœur se contente quant à lui de pousser quelques cris de joie. Ces ripailles n'auront peut-être même pas lieu, comme le laisse entendre la pirouette finale. Ce festin avait aussi peu de sens que la *gynécocratie* : il pouvait remplir un mot, mais pas le ventre des Athéniens.

Cette prise du pouvoir par les femmes aboutit donc à un désastre sur tous les plans, y compris celui de la sexualité. Les femmes des *Thesmophorieuses* voulaient faire un mauvais sort à Euripide pour le punir du mal qu'il disait d'elles dans ses pièces. Que serait-il arrivé à Aristophane s'il était tombé entre leurs mains à l'issue de la représentation des *Femmes à l'Assemblée ?*

Ploutos. — Aristophane n'a rien écrit, semble-t-il, depuis ses *Femmes à l'Assemblée*. Le *Ploutos*, qu'il va mettre en scène lui-même, est en fait sa seconde comédie de ce nom : un premier *Ploutos,* perdu, datait sans doute de 408. Le *Ploutos II* fut donc représenté en 388 face à quatre autres pièces (on présentait cinq comédies à cette époque) : *Les Laconiens* de Nicocharès, *Admète* d'Aristoménès, *Adonis* de Nicophon et *Pasiphae* d'Alcée. Nous ne connaissons ni le concours ni le palmarès. Vers cette date, Lysias continue la composition de ses discours, Isocrate fonde son école, et naissent successivement Lycurgue, Hypéride, puis Eschine. Platon, lui, se rend en Sicile pour la première fois. Sur l'ordre de Denys de Syracuse, il sera vendu comme esclave, aux Éginètes en guerre contre Athènes, puis racheté, et rentrera à Athènes où il fondera son Académie en 386.

Le *Ploutos* poursuit l'évolution de la technique amorcée dans *Les Femmes à l'Assemblée* : pas de personnages réels, une seule maison particulière où se développe le thème (sans que cette demeure perde son caractère privé pour devenir le symbole de toute la Cité), rôle insignifiant du chœur, absence de parabase, personnages semblables (Jeune Homme, Vieille Femme amoureuse, vieillards sceptiques) aux noms presque identiques (Chrémès/Chrémyle). Le propos de ces deux comédies, la redistribution de la richesse, est le même, mais dans le *Ploutos,* tout le monde devient riche, alors que dans *Les Femmes à l'Assemblée,* la propriété privée est supprimée. Le syllogisme de départ présente aussi le caractère d'amère fantaisie que l'on percevait dans la comédie précédente : la richesse est injustement répartie ; la cécité du dieu Ploutos en est la cause ; rendons la vue à Ploutos, et la richesse sera justement répartie. Comme dans *Les Femmes à l'Assemblée,* le seul contraste entre les deux réalités est la profusion de nourriture dont il est question sur scène, et qui semble vraiment une fiction au regard de la situation économique des Athéniens qui avait dramatiquement empiré pendant les quatre années qui séparent ces deux comédies, car Athènes est de nouveau en guerre contre Sparte, et de nouveau en proie à la famine.

L'allégorie montre l'importance de la crise qui frappait Athènes à cette époque. Les honnêtes travailleurs étaient de plus en plus pauvres, alors que politiciens, intrigants ou trafiquants monopolisaient toutes les richesses. Selon le dicton, la richesse était aveugle, et ne récompensait pas la vertu. Au début de la pièce, le thème est inconnu de tous, y compris des principaux personnages : Chrémyle et son esclave Carion suivent un vieil aveugle inconnu, selon l'ordre de l'oracle. Chrémyle était en effet allé à Delphes pour savoir quelle était l'éducation la plus utile à donner à son fils unique, mais cela n'est qu'une fausse piste puisqu'il ne sera plus question de ce fils par la suite. Chrémyle est un vieillard pondéré, bon père, bon époux, bon maître, pieux, juste, fidèle en amitié, généreux. Carion, lui, annonce clairement les esclaves de comédie qui relégueront leurs maîtres aux rôles secondaires de barbons. Il a l'air très émancipé pour un esclave, faisant preuve d'une insolence que ne désavouerait pas Scapin, et se comporte plus comme un compère de Chrémyle que comme un serviteur, sans doute parce qu'il est né libre et que son état d'esclave n'est dû qu'à une condamnation pour dettes.

Pressé par les deux hommes, le vieil aveugle dévoile enfin son identité : il est Ploutos, dieu de la richesse, que Zeus a volontairement rendu aveugle pour l'empêcher de récompenser les gens vertueux et l'obliger à aller chez les gens malhonnêtes. Cela va provoquer la grande idée de Chrémyle : rendre la clairvoyance à Ploutos qui pourra ainsi enfin favoriser les justes et abandonner les méchants. Ploutos finit par accepter et Chrémyle envoie Carion convoquer de pauvres laboureurs de ses amis qui formeront le chœur. Ils répondent avec empressement à son appel, et, pleins de confiance, admettent aisément la présence de Ploutos. Néanmoins, l'aide qu'ils peuvent apporter à leur ami est purement symbolique car ils ne feront absolument rien durant toute la comédie, sauf danser et applaudir : chœur et Coryphée réunis ne prononcent pas plus de 46 vers au cours de la pièce, se contentant, encore plus nettement que dans *Les Femmes à l'Assemblée*, d'assurer de petits intermèdes qui séparaient les scènes ou l'équivalent d'actes. Leur rôle est si modeste que c'est – pour la première fois – un des personnages, Carion, qui entraîne le chœur pour la parodos et non plus le Coryphée.

On trouve alors le premier et le seul quiproquo du théâtre d'Aristophane : Blepsidème, un des amis de Chrémyle, vient le voir pour vérifier la rumeur qui dit qu'il est devenu riche ; il pense d'abord, malgré les dénégations de son ami, que Chrémyle s'est enrichi par des moyens malhonnêtes et non par un miracle venu récompenser sa vertu. Il mettra une cinquantaine de vers à se laisser convaincre d'une part de l'honnêteté de Chrémyle et de ses bonnes intentions, et d'autre part de la présence réelle du dieu chez son ami. A ce moment-là, apparaît une horrible vieille femme, sale, en haillons et menaçante, Pénia, la Pauvreté, qui les prévient que, croyant agir pour le bien des hommes, ils vont en fait provoquer un malheur plus grand encore. Dans l'agôn qui les oppose, Chrémyle fait une émouvante description de la triste vie des pauvres, mais Pénia démontre que c'est elle l'aiguillon du progrès et du bonheur puisqu'elle contraint les hommes au travail : grâce à elle les pauvres ont une vie saine et digne alors que les riches sont adipeux et malhonnêtes. Pénia est si éloquente que l'on pourrait penser que la suite va montrer la justesse de ses arguments, mais le public était composé de pauvres gens qui n'avaient pas l'espoir, eux, de recevoir Ploutos chez eux, et Aristophane voulait les faire rêver, ne fût-ce que le temps d'une représentation. Ainsi, cette comédie dénonce la richesse aussi bien que la pauvreté, fait l'éloge de la pauvreté aussi bien que de la richesse. Pénia finit par s'en aller sur la menace de revenir, mais elle ne réapparaîtra plus, et tout se passera le mieux du monde.

Chrémyle et Carion accompagnent donc Ploutos à l'Asclépiéion de Zéa, au Pirée. Cette incubation sera relatée en détail par Carion à la Femme de Chrémyle dans un long et pittoresque récit (v. 627-770), qui est sans doute le meilleur passage de la comédie. Ploutos, miraculeusement guéri par Asclépios, réapparaît enfin sous un nouveau masque (tel un Œdipe inversé), clairvoyant et transfiguré. Ce sont alors les conséquences de ce bouleversement qui seront présentées, heureuses pour la Cité et fâcheuses pour les dieux. Carion vient d'abord, l'air repu et épanoui, s'émerveiller de l'abondance qui vient de s'abattre sur la maison de Chrémyle ; de nouveaux personnages apparaissent ensuite, qui représentent un échantillonnage d'anciens pauvres et d'anciens riches. Un honnête homme vient d'abord remercier Ploutos de lui avoir rendu la fortune car, riche à l'origine, il s'était ruiné à rendre service à ses amis qui ne firent rien en retour pour lui quand il se trouva dans le malheur. Sur ces entrefaites, arrive un Sycophante furieux qui se trouve ruiné par cette nouvelle abondance ; néanmoins, ce n'est pas tant la perspective de la pauvreté qui irrite le Sycophante, puisqu'il refuse de rester tranquille à être nourri sans rien faire : il a la passion de dénoncer, exactement comme Philocléon avait celle de juger, et il n'y renoncera jamais. Il subit donc le sort des sycophantes qui ont le tort de traverser une comédie d'Aristophane : Chrémyle et l'Honnête citoyen lui enlèvent son bon manteau et ses souliers et le revêtent à la place des haillons que le brave homme venait vouer à Ploutos. La scène suivante introduit deux nouveaux personnages qui ne sont ni vraiment gens de bien, ni vraiment méchants. Il s'agit d'une vieille femme riche et coquette, et d'un jeune homme pauvre qu'elle entretenait pour bénéficier de ses faveurs. Ce « gigolo » étant devenu riche à son tour, il n'a plus besoin de l'argent de la vieille femme, ne veut plus la voir et se moque cruellement et publiquement d'elle. Celle-ci est ridicule, certes, mais elle n'est ni malhonnête ni méchante, et ne mériterait pas d'être punie par Ploutos. Elle est plutôt touchante, car elle semble sincèrement croire aux compliments excessifs que lui adressait le Jeune Homme et, dans sa coquetterie, se considérer toujours comme assez belle pour inspirer encore de l'amour, même à un jeune homme, et pouvoir se conduire comme une femme jeune. Les harpies des *Femmes à l'Assemblée,* au contraire, n'avaient aucune illusion sur leur âge et leur laideur (sauf peut-être la Première Vieille) et faisaient preuve de la plus grande indécence. Cette Vieille Femme, elle, est assez distinguée et ne dit rien d'indécent, sans même proférer ou suggérer la moindre obscénité, ce qui est rare chez Aristophane. Chrémyle poussera finalement le Jeune Homme à retourner le soir chez elle, car dans cette société idéale chacun a droit au bonheur, même cette vieille coquette.

Après avoir montré les conséquences de la clairvoyance de Ploutos pour les hommes, c'est maintenant la situation des dieux qu'Aristophane va développer. De fait, ce n'est plus de richesse et de pauvreté qu'il s'agit, mais de la puissance déchue de Zeus. En effet, les gens pieux sont maintenant tous riches, et n'ont donc plus de raisons de faire des sacrifices propitiatoires aux dieux, puisque la donnée de cette comédie est que la richesse suffit à apporter le bonheur. Comme dans *Les Oiseaux,* les dieux sont de nouveau réduits à la famine, mais c'est parce qu'il n'y a plus de sacrifices et non parce que leurs vapeurs sont interceptées. C'est Hermès qui est chargé cette fois de descendre menacer les humains des foudres de Zeus s'ils refusent de se remettre à sacrifier. Il ne paraît pas très convaincu lui-même, et se laisse très facilement persuader par Carion d'abandonner son statut de dieu pour entrer au service de la nouvelle société athénienne. Il montre ainsi que dans cet univers en parfaite harmonie qu'est devenue l'Athènes de

Ploutos clairvoyant, la vie d'un simple tâcheron athénien est plus enviable encore que celle d'un Olympien. Carion ne sait d'ailleurs pas très bien quelle tâche lui confier, mais Hermès possède tant de cordes à son arc divin qu'ils finissent par lui trouver un emploi, celui de président des Jeux ; Hermès ne rechignera pourtant pas non plus devant des travaux plus serviles, comme d'aller laver les tripes pour les festivités. C'est enfin un prêtre de Zeus qui vient se plaindre à Chrémyle de souffrir de la famine à cause de l'apostasie des Athéniens, qui ne se rendent plus dans les temples que pour se soulager physiquement et non plus spirituellement. Cependant, cette nouvelle victime du bouleversement n'aura pas à changer d'emploi car Zeus lui-même semble finalement participer à l'harmonie générale. Tous les humains sont donc maintenant heureux, et l'exodos consiste en un cortège triomphal qui va réinstaller Ploutos dans le Parthénon.

Étrangement, le *Ploutos* semble faire un bilan de l'œuvre d'Aristophane, car il rappelle sur des points précis de nombreuses autres comédies du poète. La guérison de Ploutos répond à la cuisson miraculeuse et à la régénération de Dèmos dans *Les Cavaliers*, et l'abondance qui s'ensuit évoque celle que goûte Dicéopolis dans *Les Acharniens* après son traité privé avec Sparte. Le problème que se pose Chrémyle au début de la pièce sur l'éducation de son fils correspond au dilemme des *Nuées*. Les dieux se comportent comme ceux de *La Paix* et des *Oiseaux*. Carion est une sorte de Xanthias qui aurait quitté le service du Dionysos des *Grenouilles* pour entrer à celui de Chrémyle. Malgré cela, le *Ploutos* diffère toutefois énormément des comédies du Vᵉ siècle, et ne fait qu'accentuer, comme nous l'avons vu, les tendances que nous trouvions déjà dans *Les Femmes à l'Assemblée*. Dans ces comédies du IVᵉ siècle, nous sommes bien loin de la complexité et des retournements de situation des comédies du ve siècle : les héros aristophaniens se font plus discrets pour céder la place à des personnages secondaires qui interviennent pour des saynètes plus ou moins bien reliées au thème de l'action, qui n'est plus fondée sur un héros, mais sur une intrigue, même si celle-ci se réduit souvent à un simple canevas.

En 387, on institua des reprises de tragédies « anciennes » ; l'année suivante, Aristophane fit représenter ses deux ultimes comédies, *Côcalos* et *Éolosikôn* (le *Cuisinier d'Éole*), sous le nom de son fils Araros, peu avant sa mort que l'on place vers 385. Leur perte est d'autant plus regrettable qu'il semble qu'elles apportaient encore d'autres éléments qui jetteront les bases de la Nouvelle Comédie. Un ancien auteur de traités anonyme observait en effet à propos du *Côcalos* qu'Aristophane y avait introduit « des rapts de jeunes filles, des reconnaissances finales et tous les procédés dont Ménandre s'est inspiré ». D'après ce que nous savons de l'*Éolosikôn,* le thème du festin utopique y apparaissait aussi, de même que le personnage du cuisinier qui deviendra par la suite un type comique.

CONCLUSION

Dans le film anglais *Passeport pour Pimlico* (1949 - apr. J.-C ; réalisateur : Henry Cornelius ; scénario : T. E. B. Clarke) la découverte d'une charte du XVe siècle, qui proclame l'indépendance du quartier londonien de Pimlico, amène les habitants de ce « dème » à se constituer en état bourguignon, indépendant de la Couronne et hors taxes, ce qui provoque une ruée de fâcheux qui cherchent à profiter de cette aubaine pour faire des bénéfices commerciaux. Tout le film joue donc sur la présence d'un territoire privilégié en plein cœur d'un État, exactement comme le marché de Dicéopolis dans *Les Acharniens*. De plus, les dirigeants politiques y sont des marchands, tout comme les vrais chefs du parti démagogique Athénien : un libraire et un horloger sont ministres, alors que le Premier ministre est un épicier ! Nous ne sommes vraiment pas loin du Marchand de boudin des *Cavaliers* ! Nous retrouvons de même, mais de façon plus lointaine, le postulat de cette comédie dans *Duck Soup*, film américain de 1933, réalisé par Léo McCarey et les Marx Brothers, une violente satire de la guerre et de la dictature, qui utilise comme ressort comique la politique du pire. Le président de la petite république de Freedonia est un démagogue burlesque, Rufus Firefly, joué par Groucho Marx, vénal et prévaricateur, mais amusant et sympathique. Il prend comme ministres les deux espions (Chico et Harpo) chargés par la nation voisine de le surveiller, et, durant tout le film, tout le monde trahit tout le monde. Même comique de dialogue aussi dans ces deux œuvres : quand Paphlagon propose tout bas au Marchand de boudin, qui l'accuse d'avoir touché un énorme pot de vin de dix talents : « Veux-tu un de ces talents pour prix de ton silence ? » (v. 439), il dit presque la même chose que le général Groucho répondant à l'un de ses lieutenants qui lui signale qu'il est en train de tirer à la mitrailleuse sur ses propres troupes : « Voilà un dollar, mais gardez ça pour vous ! ». Quant au Parlement, il se contente de siéger, et après chaque déclaration belliqueuse de son Président, il danse et chante sur des airs d'opéra ou de jazz : « Nous voulons la guerre ! ». Les ressorts comiques sont les mêmes que dans *Les Cavaliers*, et le chœur du Parlement de *Soupe au canard* me semble, *mutatis mutandis*, un des meilleurs moyens de comparaison que nous ayons pour nous représenter l'effet comique de la musique et des chants dans ces comédies attiques dont les pastiches étaient aussi musicaux que littéraires.

Aristophane a su dépasser les contraintes du théâtre grec, son espace restreint, ses décors standard et le nombre limité de ses acteurs ; il a fait éclater l'espace théâtral, permis au verbe de représenter ce que les décorateurs de l'époque ne pouvaient rendre, et donné l'impression d'avoir décuplé le nombre des acteurs mis à sa disposition, pour aboutir à des scènes grouillantes de vie, pleines d'un mouvement endiablé, aidé en cela par son utilisation brillante du chœur comique, des solistes et de la machinerie. Véritable Ploutos de son propre théâtre, il a transformé la pauvreté des moyens en une profusion d'effets. C'est sans doute la remarquable technique dramaturgique d'Aristophane, amenée d'emblée à un très haut niveau dès ses premières œuvres et affinée durant toute sa carrière, qui permet à son comique de n'être pas seulement livresque, mais toujours vivant. Les pièces d'Aristophane ne sont pas constituées d'une suite de trouvailles poétiques et comiques dont l'assemblage constituerait une comédie plus ou moins décousue, s'intégrant elle-même dans un ensemble assez disparate. Il apparaît au contraire qu'Aristophane n'a jamais cédé à la facilité, mais a fait preuve d'une surprenante exigence envers lui-même, en s'imposant des règles qu'il avait inventées pour son propre usage, bien avant qu'Aristote ne les formulât. Il n'y a qu'une comédie, *La Paix*, qui exige plus d'un lieu, et qu'une autre, *Lysistrata*, dont l'action dépasse les vingt-quatre heures.

Même aux heures les plus sombres de la guerre du Péloponnèse, la plupart des comédies d'Aristophane baignent dans une atmosphère jubilatoire, par cette aspiration à la joie et à l'innocence naturelles. C'est du reste peut-être cet aspect de son génie qui avait amené les critiques anciens à trouver tant de *charis*, de *grâce* dans son œuvre ; Platon, dit-on, composa même cette épitaphe : « Les Grâces, cherchant un temple impérissable, élurent l'âme d'Aristophane ».

Pour nous aussi, l'œuvre d'Aristophane reste indispensable : les Paphlagons et les Lamachos tiennent toujours le haut du pavé, Polémos a besoin chaque jour d'un mortier plus grand encore pour faire sa bouillie de cités, et Pénia est bien revenue comme elle l'avait promis. Plus que jamais, nous aurions besoin d'un Marchand de boudin pour plonger notre Dèmos dans un bain régénérateur, d'un Chrémyle qui rende la clairvoyance à Ploutos, d'un Pisétaire qui puisse offrir une cité aérienne aux humains, d'une tête de Turc aussi géniale qu'Euripide, d'un Dionysos qui ramène une culture « génératrice », d'une Lysistrata capable de faire tomber les armes ou d'un Trygée qui s'envole pour libérer la Paix.

BIBLIOGRAPHIE

ŒUVRES D'ARISTOPHANE

V. Coulon, *Aristophane.* Texte établi par V. Coulon et traduit par H. Van Daele, Paris, Les Belles Lettres, 1923-1930 (nombreuses rééd.), 5 vol.

G. Mastromarco, *Commedie di Aristofane*, vol. 1 : *Acharniens - Paix*, Turin, UTET, 1983.

A. H. Sommerstein, *The Comedies of Aristophanes* (9 vol. parus : *Acharniens-Grenouilles*), Warminster, Aris & Phillips, 1980-1996.

Les éditions d'Oxford, et celles d'Arnoldo Mondadori à Milan (sous la dir. de D. Del Corno) font paraître peu à peu toutes les pièces en volumes séparés avec de riches commentaires. On trouve également de nombreuses éditions, parfois excellentes, de pièces dans de nombreux pays (mais non en France).

FRAGMENTS

R. Kassel, C. Austin, *Poetae Comici Graeci*, Berlin-New York, De Gruyter (en cours de parution depuis 1983 ; les fragments d'Aristophane constituent le volume III, 2, 1984).

TRADUCTIONS FRANÇAISES

A. Willems, Paris, Hachette, et Lebègue, Bruxelles, 1919, 3 vol.

M. J. Alfonsi, Paris, Garnier-Flammarion, 1966, 2 vol.

V.-H. Debidour, Paris, Le Livre de Poche (réimp. « Folio Gallimard »), 1966, 2 vol.

P. Thiercy, Paris, Gallimard, « Bibliothèque de La Pléiade », 1997 (introd., éd., trad. et n.).

ÉTUDES MODERNES SUR ARISTOPHANE ET L'ANCIENNE COMÉDIE

U. Albini, *Riso alla Greca. Aristofane o la fabbrica del comico*, Milan, 1997.

J.-C. Carrière, *Le Carnaval et la Politique. Une introduction à la Comédie grecque, suivie d'un choix de fragments*, Paris, 1979.

V.-H. Debidour, *Aristophane par lui-même*, Paris, 1962.

K. J. Dover, *Aristophanic Comedy*, Londres, 1972.

V. Ehrenberg, *The People of Aristophanes. A sociology of Old Attic Comedy*, Oxford, 1943 (3e éd., New York, 1962).

J. Henderson, *The Maculate Muse. Obscene Language in Attic Comedy,* New Haven-Londres, 1975 (2e éd., 1991).

A. López Eire, *La lengua coloquial de la comedia Aristofánica*, Murcia, 1996.
G. Mastromarco, *Introduzione a Aristofane*, Bari, 1994.
D. M. MacDowell, *Aristophanes and Athens*, Cambridge, 1995.
P. Mazon, *Essai sur la composition des comédies d'Aristophane*, Paris, 1904.
F. de Oliveira, M. de F. Sousa e Silva, *O teatro de Aristófanes*, Coimbra, 1991.
O. Navarre, Les Cavaliers *d'Aristophane. Étude et analyse*, Paris, 1956.
L. P. E. Parker, The songs of *Aristophanes*, Oxford, 1997.
A. W. Pickard-Cambridge, *Dithyramb, Tragedy and Comedy*, Oxford, 1927 (2e éd. 1962).
G. M. Sifakis, *Parabasis and Animal Choruses. A contribution to the History of Attic Comedy*, Londres, 1971.
A. Solomos, *Aristophane vivant*, Paris, 1972 (trad. du grec par J. Dalègre).
M. de F. Sousa e Silva, *Crítica do teatro na comédia antiga*, Coimbra, INIC, 1987.
J. Taillardat, *Les Images d'Aristophane. Études de langue et de style*, Paris, 1962 (2e éd., 1965).
P. Thiercy, *Aristophane : Fiction et Dramaturgie*, Paris, 1986.
C. H. Whitman, *Aristophanes and the comic hero*, Cambridge/Mass., 1964.
B. Zimmermann, *Untersuchungen zur Form und dramatischen Technik der Aristophanischen Komödie*, 3 vol., Königstein, 1984-1987.

RECUEILS D'ARTICLES

J. M. Bremer, E. W. Handley, *Aristophane*, Entretiens sur l'Antiquité Classique, vol. 38, Fondation Hardt, Vandœuvres, Genève, 1993.
P. Ghiron-Bistagne, *Thalie, Mélanges interdisciplinaires sur la Comédie, Cahiers du GITA,* n° 5, Montpellier, 1990.
A. López Eire, *Sociedad, política y literatura : comedia griega antigua.* Actes du Colloque international de Salamanque, Salamanca, 1997.
A. H. Sommerstein, S. Halliwell, J. Henderson, B. Zimmermann, *Tragedy, Comedy and the Polis,* Actes du colloque international de Nottingham, Bari, 1993.
P. Thiercy, M. Menu, *Aristophane : la langue, la scène, la cité*, Actes du Colloque international de Toulouse, Bari, 1997.

TABLE DES MATIÈRES

BIBLIOGRAPHIE THÉMATIQUE
« QUE SAIS-JE ? »

Homère, n° 2218
La littérature grecque d'Homère à Aristote, n° 227
La littérature grecque d'Alexandre à Justinien, n° 2523
La littérature latine, n° 327
Le théâtre antique, n° 1732

Imprimé en France
Imprimerie des Presses Universitaires de France
73, avenue Ronsard, 41100 Vendôme
Mars 1999 — N° 45 564